바람의 옷

김정
장편소설

바람의 옷

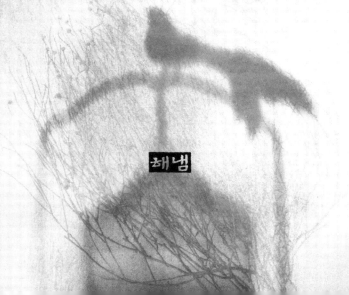

해냄

살면서 알게 된 수수께끼가 있다.

세상 모든 존재는 '같으면서도 서로 다른' 면모를 갖고 있
었다.
어떤 것도 같지 않았고 아무것도 다르지 않았다.
자연도 그렇고 사람도 그렇고 책도 그랬다.
올해 겨울은 지난겨울과 같으면서 달랐고 내 속에 있는 나
또한 내게 낯설었다.

시대와 사람 모두 같은 시간의 풍화작용을 견디며
서 있는 공간에서 시간의 흔적을 받아안는다.
그리고 그 흔적을 껴안은 채 조금씩 다른 기억의 그늘을,

어둠과 빛 사이의 수천, 수만 가지 그늘을 만든다.
그것이 내게는 때로 환희이고 구원이면서 쓰라림이기도
했다.

옮겨 다닌 공간에서 스쳐 가며 본 서로 다른 겹의 그늘이
공백 끝에 글을 쓰게 한 동력이었다.
그 겹이 책 속에서 전해졌으면 한다.

2018년 1월
김정

| 차례 |

제1장

바람을 머리에 이고

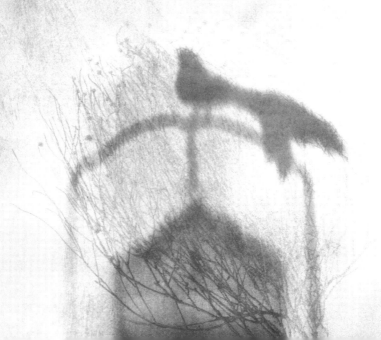

어린아이가 하나 서 있었다. 아이는 산에서 내려오는 물이 좁은 시내처럼 졸졸 소리를 내며 흐르는 배수로 앞에 서 있었다. 그칠 듯 말 듯 가느다란 비가 안개같이 내렸다. 아이는 가만히 서서 흐르는 물을 유심히 들여다보았다. 언제부터 흘러내렸는지 짙은 붉은빛 물이 점점 색이 엷어지며 아주 옅은 분홍색으로 바뀌는 것이었다. 짙은 붉은빛이 끊임없이 맑게 흐르는 산물과 섞이며 아주 엷고 고운 분홍빛으로 바뀌는 걸 한참 보고 있던 아이는 자신도 모르게 그 흐르는 물에 발을 담그고 휘저어 보았다. 발목에 닿는 물의 감촉은 차가웠다. 그러나 속이 비쳐 보이는 분홍빛 물은 아이에게 몹시 신기하고 아름답게 느껴졌다.

저녁 밥상을 물리며 어른들은 작은 목소리로 숨을 죽이며 이야기하고 있었다. 산 밑 배수로 근처에서 웬 젊은 여자가 혼자 아이를 낳았다고 했다. 여자가 피를 너무 많이 흘린 것 같다고 했다. 왜 숨을 죽이며 이야기하는지 알 수 없는 채로, 피를 많이 흘린다는 게 무슨 뜻인지 모른 채 아이는 자신이 발을 담갔던 차갑고 맑고 투명하게 비쳐 보인 분홍빛 물이 어른들이 숨을 죽이며 하는 이야기에 닿아 있다는 것을 어렴풋이 느끼고 있었다.

시간이 흐른 뒤, 엷게 번지던 그 분홍빛 물이 누군가가 죽어 가며 흘린 피였다는 것을 안 이후로 아이는 발목에 휘감기며 흐르던 그 물의 감촉을 잊은 적이 없었다. 한동안은 그 엷은 핏물을 씻어 내고자 하루에도 몇 번씩 수돗가에서 발목을 헹구고 또 헹궜다. 그렇게 차갑게 발목을 감싸던, 지금은 지워지고 없는 피의 흔적은 아이에게 경계가 분명치 않은 서로 다른 두 가지 느낌으로 남아 있었다. 몹시 맑고, 차고, 투명한 분홍빛의 아름다움인가 하면 탁하고 진하고 걸쭉한, 그래서 더 막막한 두려움이 그것이었다.

낯선 것에 이끌린 건 어쩌면 그때부터였을까?

가슴이 지르는 비명을 나는 아주 늦게서야 들었다. 늘 애써 듣지 않으려고 했는지도 모른다. 그러다 어느 날 그 비명은 끝이 몹시 예리한 칼날로 나에게 꽂혔다. 나는 내가 서 있는 시간 속에서는 나를 제대로 만나지 못했다. 한참 시간이 흐른 후에야 그때에 만들어진 어렴풋한 형체를 알아보게 되었다. 나는 늘 내게 화를 내거나 나를 모른 척하고 있었던 것이다. 나는 나에게 귀를 기울이기로 했다. 내가 하는 말을 들어 주기로 했다. 짙은 핏물에 발을 담그고 있다는 막막한 느낌이 차오르자 나는 늘 하던 방식대로 내가 있던 곳을 떠났다. 깊이 생각하고 정한 곳이 아니었음에도 행선지는 더블린이 되고 말았다. 그러나 그곳에서 만난 나는 나에게도 낯선 이였다. 나는 나를 누구로 기억한단 말인가? 내가 맺은 모든 관계에서 단일한 나라는 사람은 없었다. 매듭이 있는 채로 풀지 못한 숱한 갈등, 그리워해야 할 것을 그리워하지 않은 죄책감, 애도하지 않은 채로 그냥 보내 버린 죽음들, 그리고 이렇게 모든 걸 어질러 놓은 자신을 만나게 되는 쓰라림이 기다리고 있을 뿐이었다. 나는 내 삶 속으로 다시 들어가고 싶지 않았다. 그 삶의 밖에서 그것들을 바라보고 싶었다. 어떻게? 그냥 '언젠가'에 멈추어 서서 거기서부터 다시 헤집어 '어쩌면'이랬을지도 모를 나를 찾아보는 것. 모든 시간으로 흐르는 어느 지점에서 그 시간이 계획하지 않고 만들어 놓은 호주머니들을 뒤지는 일. 나에게 이야기를 시키는 일. 나를 다시 만나 주는 일, 그것만이 너무 멀리 있는 나에게로 가는 것인지도 모르겠다.

더블린

　처음부터 더블린은 나에게 낯설지 않았다. 기숙학교였던 대학에 입학한 날, 학교 문 앞에서 만났던 낯선 서양 사람이 아일랜드 출신의 신부님이었다. 나는 그때까지 그렇게도 누구를 돕고자 선의에 가득 찬 미소를 띠며 다가오는 사람을 본 적이 없었다. 마치 나를 돕기 위해 몇 시간을 기다리고 서 있었다는 듯이 그렇게 그 신부님은 나에게 손을 내밀어 악수를 청하고 서툰 한국말로 아는 체를 했다. 나는 그날 이후 무조건 아일랜드와 아일랜드 사람을 좋아하게 되었다. 대학 이 학년 소설 수업에서 만난 제임스 조이스의 『젊은 예술가의 초상』은 다시 한 번 아일랜드를 나의 본향으로 느끼게 만들었고 그곳은 그냥 나에게는 가 보지 않아도 그리운 곳이 되고 말았다. 그리움. 그립다는 말은 놓아 버릴 수 없는 끈을 길게 늘인 채 잡고 있는 것일지도 모른다. 결국 나는 그 끈에 이끌려 더블린과는 끊을 수 없는 인연을 만들었다.

어린 시절 왜 그곳에 있었는지도 모른 채 아무 생각 없이 마주치게 된 거리의 풍경이나 낯선 사람들의 모습이 삶의 모든 행로에 같이한다는 사실은 정말 알 수 없는 일이다. 6·25 직후의 피난지 부산의 국제시장 야시장의 모습이 그것이었다. 깊은 밤도 아니고 더구나 낮은 분명 아니고 카바이드 불빛이 쉬익 소리를 내며 가까운 주변만을 밝히는 가판대가 늘어서 있는 거리에서 나는 외준 언니의 손을 놓치고 길을 헤매고 있었다. 사람들이 입고 있는 옷의 색깔이나 얼굴의 형체마저 모두 어둠에 가려져 어슴푸레 비치는 곳, 말소리도 모두 웅성거림으로만 들리는 아주 먼 나라 같으면서도 손에 잡힐 듯 눈앞에 떠오르는 대여섯 살 때의 그 야시장 풍경을 나는 조이스의 『더블린 사람들』 속의 작품에서 다시 만나자 더블린은 내가 가서 만나야 할 곳이 되고 말았다. 그 서로 다른 두 곳이 왜 그렇게 만나 나를 그쪽으로 그렇게 끌었는지는 정말 모를 일이었다.

대학 졸업반 마지막 학기에 나는 더블린으로의 유학을 준비했다. 아버지가 없는, 넉넉지 않은 집안의 맏딸인 나의 이런 결정은 어머니에게보다는 나 스스로에게 부담이 많이 되는 선택이었다. 그곳은 딱히 여건이 좋은 유학지도 아니었고 유학 이후에도 전도가 보장되는 실질적인 이득을 보기도 어려운 곳이었다. 여러 가지로 마음이 편치 않았던 나는 막 미국으로 유학을 떠나는 선배를 만나 하소연과 함께 조언을 얻기로 했다. 조선호텔 근처의 '가화' 다방이었다. 늘 흘러나오는 서양의 고전음악이 무겁게 깔려 있었다. 나는 선배에게 말을 마구 쏟아 내고 있었다. 삶에는 쉽게 가로지를 수 없는 낯선 지점들이 있다는 걸 나도 안다. 그러나 나는 그 낯섦을 힘들이지 않고 내 것으로 만드는 남다른 재주가 있다. 어쩌면 '힘들이지 않고'라는 말은 거짓인지 모른다. 그래도 나는 그냥 그렇게 믿고 싶다는 요지의 말을 했었던 것 같다. 선배가 무슨 말을 어떻게 내게 했는지는 기억나지 않는다.

며칠 후 어떤 남자가 학교로 나를 찾아왔다. 전혀 모르는 사람이었다. 그는 얼마 전 '가화' 다방 내 바로 뒷자리에서 우연히 내가 하는 이야기를 두 시간 넘게 들었다고 했다. 찻집에 앉아 남의 말을 몰래 듣는 건 실례가 되는 일인 줄도 알고 계속 들으면 안 될 것 같았는데 무언지 모를 다급한 매혹이 자신을 무례한 사람으로 만들었다고 했다. 그러면서 내가 좋고 그냥 나를 도와주고 싶다고 했다. 미국 공보원의 공보관이라고 소개를 하면서 공보원 근처인 '가화' 다방에서 나를 여러 번 보았다고 했다. 참 믿기지 않는 일이었다. 누군가가 나에게 호의를 보이면 그대로 받아들이기보다는 그 저의를 의심하라고 배운 것도 아닌데 그 사람이 젊은 남자였기 때문이었는지 나는 그 사람을 필요 이상으로 경계했다. 사실 그는 아주 젊은 사람도 아니었다. 대학 졸업반이었던 나와는 십 년 가까운 나이 차이가 있었다.

그는 여러 번에 걸쳐 지치지 않고 나를 찾아왔다. 나중에는 같이 더블린으로 갈 수 있을 것이라고까지 말했다. 절박했던 나에게는 좋은 미끼였다. 꽤 시간이 지나 그에 대한 의심이 누그러지기 시작할 즈음 그는 더블린보다 그가 손을 쓰기 쉬운 미국으로 먼저 가는 게 어떠냐고 했다. 미국 공보원 직원으로 얻을 수 있는 정보와 혜택을 감안하면 그쪽이 훨씬 용이하고 유리하니 우선 미국에서 시작해 더블린으로 가는 게 나을 거라고 했다. 내심 갈등이 없지 않았으나 그의 말에 넘어가 주기로 했다. 그가 나에게 보내는 관심에 맞장구를 쳤다기보다는 그의 그런 헌신에 그냥 우쭐해져 '그렇다면 어디 한번 해 보지 뭐' 하는 식의 철없는 오만이 작용했던 것 같다.

일 년이 넘게 시간을 끌고 다음 해 가을 학기에 맞추어 나는 그 남자가 주선해 준 대로 미국으로 향했다. 그가 미국에 있어도 같은 도시의 같은 공간이 아니어야 한다는 것과 꼭 결혼을 전제로 한 것이 아니라는 조건에 대한 약속을 받은 후였다. 나는 시카고에서 차로 두 시간 정도의 거리에 있는 미시간주의 주립 대학에 입학 허가를 받은 터였다. 그는 나보다 두어 달 먼저 미국에 가 시카고의 한국 영사관에서 파견 근무를 하고 있었다. 미국에 가서야 나는 그 사람 없이 모든 것을 혼자 해결하는 것이 얼마나 어려운 일인지를 깨달았다. 나는 결국 그에게 스스로 다가갔고 처음으로 같이 잠을 잤고 그와 같이 살 수 있을까에 대해 생각했다. 그 사람은 결혼을 강요하진 않았다.

그는 가끔씩 주말이면 내가 있는 곳으로 와 나와 같이 시간을 보냈다. 유학 초기의 학업 스트레스와 모든 문화적, 관습적 충격을 넘어서도록 그는 착실하게 배려해 주었다. 나는 그에게 안겨 있는 잠시 동안의 따스함은 위로가 되고 좋았으나 그와 살을 부비며 자는 것은 되도록 피하고 싶었다. 그런 내가 이기적이고 사람답지 않다는 걸 잘 알면서도 나는 스스로를 어쩌지 못했다. 그를 너무 많이 참게 해서는 안 된다는 걸 어렴풋이 느끼며 나는 계속 결혼을 미룬 채 마음의 병을 앓고 있었다. 애석하게도 마음의 병은 쉽게 가라앉지 않았다. 그에 대한 미안함을 애정으로 바꾸기에는 결혼과 남자에 대한 거부감이 너무도 컸다. 나는 그가 싫지 않으면서도 그가 나에게 다가와 살이 스치는 건 소스라치게 놀랍고 두려웠다. 아마도 그는 내가 연애 경험이 없는 사람이라 그런 것이라 생각하는 것 같았고 나는 그것을 학업에 대한 부담으로 돌리고 싶어 했던 것 같다. 그러나 그런 관계가 일 년 가까이 이어지자 그는 나를 몹시 안타까워했고 나는 그제서야 내게 무슨 문제가 있는 것 같다는 생각이 들었다. 그가 내게 오는 주말이 겁이 나기 시작하면서 나는 그 문제의 핵심에 내 어린 시절의 상처가 가로놓여 있다는 걸 인정할 수밖에 없었다.

엄마는 내가 집에 온 줄 모르고 있었다. 그렇게 이른 아침이 아닌데도 아직 잠을 자는지 인기척이 없었다. 어린 동생은 어디로 갔는지 보이지 않았다. 살그머니 안방의 미닫이문을 열었다. 엄마는 자고 있었다. 옆에는 엄마와 같이 사는 남자가 누워 엄마를 건드리고 있었다. 처음 보는 모습이었다. 나는 그때까지 그 남자의 얼굴을 정면으로 본 적이 없었다. 엄마는 얼굴을 찡그리고 낮은 투정 소리를 내며 남자의 손을 내쳤다. 남자는 엄마를 뒤에서 껴안았다. 나는 미닫이를 소리 내지 않고 닫았다. 익숙지 않은 엄마의 기이한 신음을 들으며 나는 구역질을 참았다. 그날 이후 나는 엄마 얼굴을 똑바로 쳐다보지 않았고 엄마가 깎아 주는 과일을 먹을 수가 없었다.

나는 엄마가 그 남자와 산다는 걸 알고 있었고 그 이유로 집을 떠나 외삼촌 집에서 학교를 다니고 있었다. 겉으로의 핑계는 오랜 기간 일본에 있다 돌아온 외삼촌의 어린 아들 둘에게 우리말을 가르치고 같이 놀아 주는 것이었다. 그날 왜 그런 이상한 시간에 집으로 갔는지 분명치 않으나 뭔가가 필요해 그걸 가지러 갔다는 기억은 남아 있다. 그때의 나는 내 물건들을, 이를테면 어린 시절부터 내 것이었던 물건들을 한 곳에 두고 보거나 쓰지 못하는 것에 불안증을 느끼고 있었다. 물건뿐이 아니었다. 학교에 내는 서류나 누군가로부터 오는 편지의 주소지를 어디로 해야 하는지 등의 문제로도 혼란을 겪고 있었다. 외숙모에게 나는 식구가 아니라 어쩔 수 없이 받아 준 손님이었다. 가족이 아닌 손님으로 와 있으면서 내 물건을 다 옮겨 올 수가 없어 싫어도 필요한 것이 있으면 집으로 가야 했다. 외삼촌 집에서는 원하지 않아도 국외자로 살 수밖에 없었던 나는 엄마가 다른 남자와 살고 있는 집에서는 스스로가 원해 자발적 국외자가 되었다.

엄마가 내 아버지가 아닌 남자와 같이 산다는 것을 아는 것과 엄마가 그 남자와 같이 한 이불 밑에서 잠을 잔다는 것을 눈으로 보고 알았다는 것 사이에는 엄청난 차이가 있었다. 남자와 여자가 같이 산다는 것은 내가 받아들일 수 있는 것 이상의 여러 상황이 가로놓여 있었던 것이다. 늘 나는 스스로 그렇게 철이 없고 순진한 축이 아니라고 생각하고 있었다. 그러나 그런 상황을 마주한 뒤 혼란 상태에 빠져 있는 자신이 한없이 용렬하고 성숙하지 못하다는 느낌은 지울 수가 없었다. 나는 필요한 것이 있어도 한동안 집에 가지 않았다.

그렇게 설 곳이 없는 채로 몇 년이 지난 후 나는 그즈음 새로 개교한 기숙학교였던 가톨릭계의 대학에 진학했다. 오로지 외삼촌 집도 아니고 엄마가 있는 집도 아닌 곳을 찾기 위해서였다. 그렇다고 그곳이 마냥 편안하지만은 않았다. 원하지 않는 사람과 원하지 않는 시간에 같은 공간에 있어야 한다는 공동생활의 원칙은 늘 나를 그곳에서도 서성이게 만들었다. 대학 생활 4년 내내 어딘가로 떠날 시점을 재고 있었다. 늘 그랬다. 늘 나는 내가 있는 자리에서 어딘가로 떠나려고 했다. 매 학기가 끝나고 기숙사 방의 책과 물건들을 정리할 때마다 나는 이곳으로 다시 올 것인지 스스로에게 물었다. 그러나 결국 대학 4년을 지낼 곳은 그곳뿐이었는지 졸업을 하고 일 년여의 떠돌이 생활 끝에 나는 미국으로 갔던 것이다.

나는 내가 가진 이상한 결벽증에 스스로도 놀라워하면서 '나는 이 남자와 같이 늙어 갈 수 있을 것인가?' 묻고 또 물었다. 그가 찾아올 주말을 기다리면서도 기다릴 수만은 없는 매일이 늘 미열에 감금된 불안의 연속인 채로 둔한 통증을 느끼고 있었다. 3월의 날씨로는 드물게 기록적인 눈이 쏟아졌다는 주말이었다. 그가 오겠다고 연락을 했다. 눈을 핑계로 오지 말라고 하고 싶었다. 그러나 그 핑계가 온전히 그를 위한 것인지 스스로 의심스러워 강하게 몰아붙이지 못했다. 그날 그는 고속도로 운전 중 교통사고로 목숨을 잃었다. 응급실에서 피투성이로 죽어 가는 그의 손을 잡고 너무 염치가 없어 소리 내 울지도 못했다.

나는 그가 해 준 모든 것을 단 하나도 제대로 갚지 못했다. 그럼에도 나는 학교 옆 공동주택 셋방의 낡은 의자 다리에 못질을 해 주며 그가 내던 낮은 소리, 숨이 턱에 차서 가화 다방으로 들어서던 장면에 겹쳐지는 그의 뒷모습, 그와 같이 좁은 간이 부엌에서 계란을 깨트리며 맡았던 날계란의 비린내 등을 지금도 떠올린다. 그 사람은 알까? 내가 왜 그를 이렇게 매일 떠올리며 생각하는지? 나는 그의 얼굴이 정확하게 기억나지 않는다. 그의 어린 시절이나 그의 부모에 대해서도 잘 모른다. 나를 만나기 전까지 그의 삶이 어떠했는지 아는 게 별로 없다. 그러나 손가락 마디가 이상하게 구부러지는 작고 섬세한 손은 선명하게 기억이 난다. 그가 나에게 했던 많은 말들은 잘 생각이 나지 않는 채로 그의 어눌한 말투는 귓전에 울린다.

어쩌면 어떤 소리를 듣고 또 어떤 장면을 보고 또 어떤 냄새를 맡고 우리가 떠올리는 건 아픔 자체보다 아픔의 기억으로 남은 것, 슬픔 자체보다 슬픔의 기억으로 남은 건지도 모른다. 스물넷의 나에게 그는 아픔이고 슬픔이었고 이제 나이가 든 나에게 그는 아픔의 기억이자 슬픔의 기억이 되고 말았다. 그러나 참으로 이상하게도 기억된 아픔은 그때의 아픔보다 더 둔중하게 아프고 기억된 슬픔은 그때의 슬픔보다 더 한스럽게 슬프다. 아마도 그 아픔이나 슬픔의 기억이 내가 살아온 모든 시간의 아픔과 슬픔을 같이 엊고 있기 때문일 것이다.

그가 가고 나서 얼마 동안은 말을 하려고 할 때마다 내 입에서 나오는 말은 모두가 거짓이고 가짜라는 생각이 들어 말을 뱉어 내기가 힘들었다. 나 자신이 모두 가짜로 만들어진, 실체가 불분명한 존재여서 내게서 만들어진 모든 말이나 행동은 전부 공허한, 속이 비어 있는, 아무것에도 담기지 않는 비말과 같은 것이라는 생각에 잡혀 있었다. 더구나 그 비말이 다른 사람의 입과 눈, 코, 귀로 튀어 들어가 바이러스처럼 병을 만들고 그 사람의 목숨까지 잃게 했다는 어처구니없는 자책이 몸과 마음을 계속 움츠러들게 했다.

그렇게 힘겹게 또 한 학기를 보내고 다음 학기도 끝나 갈 무렵 나는 다시 한 남자를 만났다. 아일랜드 사람이었다. 원래 영문학을 전공했으나 미국에 와서 환경 문제를 공부하고 있다고 했다. 인문 대학 건물과 그가 공부하는 곳 사이에 있는 캠퍼스의 간이 카페테리아에서였다. 긴 식탁에 끼어 앉아 밥을 먹다 물을 쏟아 옆자리 사람의 옷을 적셨다. 그때서야 나는 옆에 앉은 그의 얼굴을 보았고 서로 계면쩍어하며 인사를 나눴다. 며칠 후 다시 길에서 만나 스쳐 지나며 눈인사를 했다. 그냥 그는 학교에서 수없이 보고 지나치는 서양 남자 중의 하나였다.

어느 날 다시 앉을 자리가 마땅치 않았던 식당에서 마주 앉게 된 그는 나에게 말을 걸었고 아일랜드에서 온 고든 오키피라고 자기소개를 했다. 나는 '아일랜드'라는 말에 그를 말끄러미 올려다보며 나도 모르게 긴장을 풀고 웃는 모습을 보였다. 아마도 그는 그것을 자신에 대한 호의로 받아들인 것 같았고 어쩌다 학교에서 마주치면 서로 안부를 물었다. 그는 내가 두 번째로 만난 아일랜드 사람이었고 신부님은 아니었지만 신부님처럼 선의로 가득한 사람이었다. 같은 영문학을 전공했다는 동질감이 많이 작용했던지 그 학기 내내 그리고 다음 학기까지 우리는 가끔 데이트 비슷한 걸 하게 되었고 그는 내 공부에 도움을 많이 주었다.

대단한 약속이나 계획을 세운 것도 아닌데 자연스럽게 그와 나는 같이 더블린으로 가는 것에 동의했고 나는 내 오랜 정신적 거처였던 더블린에 가서 그와 결혼했다. 아일랜드에 한국 사람이 거의 없던 시절, 형편이 괜찮았던 고든의 부모는 꽤 넓은 집 정원 한쪽을 헐어 새로 작은집을 지어 주었다. 주소 대신 집의 고유명을 가질 수 있는 아일랜드 방식대로 나는 그 집에 '경경'이라는 이름을 붙였다. 고든의 부모 댁에서 새집으로 이사를 한 첫날 나는 몇 년 전 교통사고로 죽은 그를 떠올리며 그가 나에게 남긴 유언 같기도 한 '耿耿(경경)'이 나에게 이루어지기를 간절히 바랐다.

　그가 학교로 예닐곱 번 이상 찾아왔던 어느 날, 나는 그를 만나 주지 않았다. 그가 학교 기숙사의 로비에서 기다리고 있다는 전갈을 받고서도 나는 내려가지 않았다. 그는 네 시간을 넘겨 기다리다 돌아가면서 작은 봉투를 남겼다. 다음 날 봉투를 전해 받은 나는 봉투 속의 화선지에 붓글씨로 쓴 '耿耿'이라는 두 글자를 만났다. 아무런 설명이나 언급도 없이 그 두 글자만 쓰여 있었다. 나는 국문학과 선생님을 찾아가 글자의 뜻을 물었으나 선생님은 모르는 내용이라 했다. 며칠이 지난 후 그 시절 학교에 시간으로 나와 강의를 하던 서정주 시인의 수업을 청강하던 나는 그 시인에게 화선지에 쓰인 글귀를 내밀며 무슨 내용인지를 물었다. 시인은 "누가 이런 것을 그대에게 주었는가?" 되묻고서는 누군가의 전도를

빌어 주는 아주 좋은 글귀라는 설명을 해 주었다. 그 일이 있고 두어 달 후 그와 나는 '가화'에서 우연히 다시 마주치게 되었고 이후 그에 대한 반감이 많이 사그라들었던 나는 그와의 만남을 이어 가게 되었다.

왜 새삼 사라지고 없는 그의 축원이 담긴 글귀를 내 새로운 삶의 터전의 이름으로 했는지 스스로 의문인 채로 그 집의 주소는 '경경'이 되었다. 짧게 끝나 버린 그와의 인연에 대한 일종의 속죄가 아니었나 싶다. 서양 사람과의 결혼은 내게 많은 것을 내려놓게 하고 또 많은 것을 드러내지 않게 해 주었다. 나는 고든과의 결혼 생활에서 노정되는 이질감을 동양과 서양의 차이라는 포괄적 차이로 느슨하게 포장한 채 넘기고 있었던 것이다.

고든과의 결혼 생활은 나쁘지 않았다. 나에게 결혼은 떠나고 싶었던 내 나라와 내 집을 거리낌 없이 떠날 수 있는 볼품 있는 평계였다. 어머니는 내 결혼식에 오지 않았고 여동생이 다녀갔다. 기질이 우리와 비슷한 아일랜드 사람들은 딱히 나에게 이질감을 불러일으키지는 않았다. 넓은 정원을 사이에 두고 지은 지 오래된 윗집에 사는 고든의 부모님은 간섭을 친절로 과장할 줄 모르는 보통의 아일랜드 사람이었다. 고든은 미국에서 돌아오자마자 더블린 시 환경과의 공무원이 되었고 나는 집 근처 초등학교의 보조 교사 자리를 얻어 시간제 근무를 했다.

　조금씩 모든 것이 익숙해질 무렵 갑자기 시아버지가 심장병으로 돌아가시고 장례식 후 얼마 있지 않아 둘째 아이를 유산했다. 그리고 일 년이 채 안 돼서 시어머니도 세상을 떠났다. 나는 결혼한 지 5년 만에 아이를 하나 낳고 또 한 아이는 잃고 초상을 두 번 치르게 되었다. 나중에 들어 안 이야기로는 고든의 손위 두 형제가 유전 질환으로 일찍 세상을 떴다고 했다. 그런 이유로 부모님이 고든을 같은 담장 안에 두고 보고 싶어 집을 지어 준 것이고 동양 여자와의 결혼도 마다하지 않은 것이라 했다.

　시어머니의 장례식에 온 고든의 이모는 다정하게 내 손을 잡고 눈물지으며 고든이 나와 함께 슬픔을 잘 넘어서기 바란다고 했다. 어쩐 일인지 나는 그날 이후 낯선 미지의 그림자가 나를 넘보고 있다는 두려움 같은 걸 느꼈다. 무언가 분명치는 않지만 예고되지 않은 미지의 그림자가 나를 따라와 나와 함께할지도 모른다는 모호한 두려움이었다. 그러면서 한편으로는 늘 그럴 줄 알고 있었다는 듯 그 두려움에 무언지모를 수긍의 눈길을 주고 있었다. 그것은 마치 그 두려움이밖에서 내게 닥쳐올 무엇이 아니라 내 속에서 생겨나 내 안에서 자라난 것일 수도 있다는 무의식적인 자기방어, 아니면 억지 무마 같은 것이었다.

돌이켜 보면 고든은 나에게 요구가 많지 않은 사람이었다. 전형적인 아일랜드 사람 특유의 과하다 싶은 호의와 온정을 갖추었다기보다 조용하고 신중하고 때로 무심한 편이었다. 서양 사람들이 갖기 마련인 야단스러운 친절이나 표현력을 갖지 않은 것에 어떤 동양인 같은 친근함을 느껴 그와 가까워진 것인지도 모를 일이다.

시어머님이 돌아가시고 몇 달 후 비어 있는 윗집에 도네갈에서 딸과 함께 살고 있던 이모님이 들어오게 됐다. 오래된 살림들과 유품들을 정리하고 치우는 데는 나보다 이모님이 나을 거라는 고든의 말이 일리가 있었기 때문이었다. 이모님은 도네갈 근처에서 어린 아들을 혼자 키우고 있는 딸과 함께 B&B라고 불리는 민박집을 하고 있어 결혼 초에 여행차 한 번 가 본 적이 있었다. 예이츠의 시로 유명한 이니스프리 호수 섬이 가까이 있어 더러 관광객이 모여드는 곳이라고 했다.

고든의 이종 누이는 고든보다 두어 살 손위의 자태가 고운 여자였다. 모습이 꼭 옛날 아일랜드 여배우 모린 오하라를 닮아 그랬는지 이름 역시 모린이었다. 왜 어린 아들을 데리고 어머니와 같이 사는지에 대해서는 그쪽에서 말할 때까지 물어볼 수는 없는 질문이지 싶어 고든에게 캐묻지 않았다.

모린의 어린 아들은 아래윗집을 오가며 이제 막 세 살이 돼 오는 아이와 잘 지냈다. 내가 일을 하러 나가고 없는 사이 이모님과 모린은 아이를 데려가 돌보아 주기도 했다. 윗집에 누군가가 살고 있다는 것이 빈집인 채로 있는 것보단 나았고 집을 처분하는 것도 어려운 일이라 그런 식의 동거는 나쁠 게 없었다. 가끔 고든도 윗집으로 가 책이나 가재도구들을 정리하고 치워야 할 것들을 한곳에 모아 놓기도 했다.

윗집의 오래된 가구나 그릇들을 보면서 나는 이상하게 그것들이 낯설거나 남의 것 같다는 생각이 들지 않아 마음에 드는 것들을 새집으로 많이 옮겨 왔다. 어린 시절 유난히 골동품을 좋아했던 아버지가 피난지 부산에서 수집해 집 안곳곳에 놓아두었던 서양의 오래된 시계나 찻잔 등에 대한 기억이 내가 유년에 느꼈던 안온함을 가끔씩 되살려 주었기 때문이었다. 이미 새집으로 들어갈 때 시부모님이 꽤 많은 살림을 물려주긴 했지만 아마도 동양의 젊은 여자가 좋아하지 않을 걸로 추측해 내려보내지 않았던 옛날 물건들에서 나는 묘한 향수를 느꼈다.

계절을 두어 차례 넘기고 막 가을로 접어드는 어느 날이었다. 저녁을 먹고 칭얼대며 잠투정을 하는 아이를 손수레를 개조한 장난감 차에 태우고 집 앞의 잔디 마당을 이리저리 가로지르고 있던 차였다. 정원 저쪽 끝 모퉁이에 있는 돌아가신 시부모님의 침실에 약한 불빛이 비치는 걸 보고 나도 모르게 그쪽으로 발길을 옮겼다. 커튼이 완전히 여며지지 않은 사이로 사람의 모습이 어른거렸다. 잘 드나들지 않는 빈 방에 웬 사람일까 싶어 나는 가까이 다가가 보았다. 희미한 침대 옆의 램프 불빛 아래 고든과 누이가 격렬하게 입맞춤을 하고 있었다. 그 입맞춤은 금지된 열정만이 내뿜을 수 있는 엄청난 열기를 애써 감추고 있었다.

나는 온몸이 굳어졌다. 직감적으로 무언가 짚이는 데가 있었다. 삶이 내게 가한 역습은 놀라운 것이었다. 시어머니의 장례 때 고든의 이모를 보고 느꼈던 내 모호한 두려움의 실체가 이제 내 눈앞에서 전개되고 있었던 것이다. 얼마 후 몸과 마음의 마비 상태를 간신히 가라앉히고 천천히 그 자리를 떠나 새집으로 내려오면서 나는 스스로에게 말했다. '그러면 그렇지. 발길질이 없는 삶은 내 삶이 아니지.' 처음에는 내게 구원으로 다가온 고든의 정신적, 육체적 적극성의 결여가 그때까지 완전히 실체를 감추고 숨을 죽이고 있다가 이제야 나에게 역공을 한 것이었다. '늘 그런 식이었지. 그럴 줄 알았어.'

며칠 동안 나는 속에서 터져 나오는 비명을 틀어막고자 애를 쓰며 끊임없이 나를 달래 보려 했다. 그러나 쉬 달래지지가 않았다. 이미 내 안에서 무언가가 무너져 내리고 있었다. 익숙했던 모든 것들이 낯설고 변질된 것으로 느껴졌다.

집도 부엌도 그곳에서 내가 데치고 지지고 굽는 음식의 냄새도, 소박해서 더 아름답던 정원의 꽃들과 벌레까지 모두가 나에게 등을 돌리고 있었다. 이제는 더 이상 이전처럼 살 수는 없겠다는 생각이 든 순간 나는 고든에게 물었다. 누이의 아이가 누구의 아이냐고. 고든은 비교적 솔직하게 담담한 어조로 털어 놓았다. 그는 부모님은 아무것도 모른 채 돌아가셨고 어떻게든 관계를 정리해 보려고 미국으로 갔다가 나를 만났고 나와 잘 살 수 있으리라는 확신이 있어 결혼했다고 말했다. 미국에서 돌아온 뒤 누이의 아이가 자신의 아이라는 걸 알게 됐고 열일곱 살 때부터의 누이와의 관계가 아주 끝난 것이 아니라는 걸 이제야 깨닫는다고 했다. 이를테면 부모님의 죽음이 고든에게는 숨은 옛사랑의 봉인 해제였던 셈이다.

아일랜드에 대한 나의 짝사랑은 이렇게 나에게 모멸감을 선사했다. 분노와 괴로움으로 스스로를 고문하면서 나는 생각하고 또 생각해 보았다. 이종사촌과의 사랑이 드물기는 해도 아주 금기시되지 않는 서양에서 왜 이들은 서로의 사랑을 감추고 드러내기를 두려워했을까? 다른 무엇인가가 또 있는 것인가? 나는 점점 비이성적인 의심과 억측에 빠져들어 갔다. 무엇보다도 두 사람의 한결같은 변명은 서로 그러지 않으려고 무진 애를 썼다는 것이 전부였다. 나는 왜 그들이 서로 사랑을 하면 안 되었는지가 설명되지 않는 이 상황이 더 모욕적이고 의심스러워 아무것도 할 수가 없었다. 아무리 가닥을 잡고 다른 생각을 해 보려고 해도 그렇게 되지가 않았다.

이제 와 생각해 보면 고든과의 사이에는 뭔지 모를, 보일 듯이 보이지 않는 반투명의 얇은 막이 있었다. 나는 그것을 그가 외국인이라 그런 것이라고 생각하고 싶어 했던 것 같다. 때로는 사람과 사람 사이는 다 그런 것이어야 하나? 하는 의문을 가지면서도 애써 그걸 들추어 보는 걸 꺼렸던 것이다. 누이와의 사이에 아이가 있는 것, 귀여운 조카라고 생각했던 아이가 남편의 아이라는 것, 그건 그렇게까지 죽을 만큼 넘어서지 못할 문제는 아니라는 생각이 들었다. 오히려 더 큰 문제는 두 사람이 오랜 세월 공모한 채 숨기고자 했던 그들의 사랑이 자신들도 모른 채 위험하고도 정직하지 못한 덧옷을 입게 됐다는 점이다.

누이는 고든의 아이를 가졌다는 말을 그가 미국에서 돌아올 때까지 하지 않음으로써 고든을 속이고 자신도 속이며 사랑을 위해 희생을 하고 있다는 위선을 택했던 것이다. 한편 고든은 나와의 결혼으로 누이와의 관계가 끝날 수 있을 것이라고 스스로 믿었던 자기기만을 자신의 진심이라고 믿고 싶어 했다. 서로를 위해 사랑을 부인하는 그 두 사람의 위선은 신부나 수녀님께 상담을 하거나 고백성사를 함으로써 해결될 수 있는 문제가 아니었다. 두 사람은 서로가 채워지지 않은 삶을 살고 있다는 자책과 분노를 억지로 누른 채 그 사랑의 불길이 결코 완전히 꺼지지 않은 잔불이 되게 남겨 두고 있었다.

내게 남은 선택의 폭은 좁았다. 경제적으로 독립이 불가능한 상태에서 혼혈인 아이를 데리고 한국으로 돌아갈 수도 없었고 혼자서도 한국으로는 절대 갈 수가 없었다. 내가 했던 매 순간의 선택, 매일의 선택, 그리고 일생을 걸어 보려 했던 결혼이라는 선택에서 무자비하게 요구받은 또 다른 선택은 도대체 어떤 것이어야 하는지 알 길이 없었다. 한 가지 분명한 것은 그들의 비밀스런 과거와, 그들의 끝나지 않을 미래에 대한 분노와 억측에 사로잡혀 나의 오늘을 계속 낭비하고 있는 것만은 중단해야 했다. 내 내면을 더 이상 아무것도 자라지 않을 사막으로 만들 수는 없었다.

나는 섣부른 결정은 이르다는 생각에 잠시 더블린을 떠나 본다는 잠정적 선택을 했다. 고심 끝에 이미 한 식구처럼 지내는 아이를 얼굴도 마주하기 힘든 그들에게 맡기는 모험을 감행했다. 그토록 그리워 오고 싶었던 아일랜드에서 또다시 나는 국외자가 되어 갈 곳이 없었다. 고든은 나와 헤어지는 것은 원치 않으며 모든 것을 내 뜻에 맡긴다고 했다. 그럼에도 이미 아이가 있는 누이와의 관계를 완전히 끊겠다는 말은 하지 않았다. 그가 아주 비열한 사람은 아니었다 하더라도 이제 같이 살기는 어려운 사람이 돼 버렸다는 사실은 서로가 잘 알고 있었다.

나는 가는 곳도 기간도 정하지 않고 '경경'이라는 이름을 가진 그 집 문밖으로 나왔다. 문밖에 서고 보니 갈 곳이 없었다. 막연하게 잠시 혼자 있으면서 방법을 찾자고 생각했던 것이다. 방법이라는 게 있을 수 있는지조차 불분명한 채로, 나를 아일랜드와 맺어 준 대학의 지도신부였던 맥도나 신부님을 떠올린 건 우연만은 아니었다. 결혼하고 몇 년 동안 연락을 끊어 지금은 어디에 있는지도 모르면서 별다른 대책도 없이 나는 더블린에서 그리 멀지 않은 나반의 달간 파크로 향했다. 그곳에 있는 성 콜롬반 외방 선교회에서 신부님의 소식을 들을 수 있지 않을까 싶어서였다. 때로는 우연이 필연처럼 느껴질 때가 있는 것인지 맥도나 신부님이 아일랜드에 와 있다고 했다. 안식년을 맞아 고향인 골웨이의 본가에서 어머니와 같이 지내고 있다는 소식이었다. 나에게 사랑과 분노를 불러일으킨 아일랜드라는 나라가 베푸는 친절일지도 모른다는 생각을 하면서 신부님의 골웨이 본가의 전화번호와 주소를 받아 들고 그곳으로 향했다.

기차를 타고 앉아 스쳐 지나가는 바깥 풍경을 보며 정작 아일랜드에 와서 살면서 아일랜드의 풍광을 세세히 본 적이 없다는 생각이 들었다. 기차의 앞 좌석에서 엄마 품에 안긴 아이가 칭얼대는 소리를 들으며 나는 내가 지금 하고 있는 짓이 온당한 것인지 눈물짓게 되었다. 아이 생각은 되도록 하지 않고 나를 추스르는 게 우선이라고 여러 번 힘주어 되새겨 보지만 어쩔 수 없이 떠오르는 아이의 모습에 갑자기 몸에서 기운이 빠져나가고 맥이 탁 풀리면서 손에 들고 있던 핸드백을 좌석 아래로 떨어뜨리고 말았다.

남편이 나에게 무엇인가? 라는 물음에 휩싸여 있느라 잠시 밀어 놓았던 아이 생각에 나는 저절로 몸이 저려 왔다. 집을 떠난 지 채 하루도 되지 않은 시점에 비가 오면 비가 와서 해가 나면 해가 나서 배가 고프면 고플까 봐 좋은 걸 봐도 나쁜 걸 봐도 모두 아이와 연결을 시키고 있었다. 나는 마음을 다잡기로 했다. 최소한 당분간은 돌아가지 않아야 한다고 다짐했다. 나는 늙은 나라인 아일랜드의 낮은 구릉 위에서 한가롭게 풀을 뜯는 양 떼들을 차창 밖으로 멀거니 바라보았다. 그림 같은 그 모습을 아름답다거나 평화롭다고 느끼는 대신 마치 구더기가 꾸물대는 것 같다고 불편하게 받아들이는 자신을 탓하며 잠시 생각에 잠겼다.

어딘가에서, 어느 나라나 어느 땅에서 태어난다는 것은 어떤 삶을 살아야 하는가를 딱히 결정짓지는 않는다고 생각했었다. 그러나 이제 중요한 고비를 넘고 있는 내 삶은 그

변수를 온전히 피해 갈 수 없는 것이 되어 있었다. 더구나 극동에서 태어난 나는 유럽의 서쪽 끝 아일랜드까지 흘러와서 내 삶의 앞에 서서 호령하며 그 삶을 끌고 갈 수도 없고 그렇다고 삶의 뒤에서 앞으로 나아가지 않는 삶을 억지로 밀고 갈 수도 없는 처지가 되어 있었다. 내가 여기까지 스스로 올 수는 있었지만 여기서 이렇게 어긋나가는 내 삶을 뒤척여 바로 잡기는 참으로 힘들었다. 나는 얼토당토않게도 만약 내가 히말라야 고산지대에서 태어난 사람이라도 여기에 이렇게 붙잡혀 있을까? 하는 허망한 생각을 이리저리 굴리고 있었다.

골웨이에서 기차를 내려 나는 신부님께 전화를 했다. 이미 그곳까지 찾아온 나를 어쩌지 못하고 신부님은 과히 멀지 않은 거리니 택시를 타고 집으로 오라고 했다. 오래된 갈색 벽돌집들이 양쪽으로 죽 늘어선 길로 접어들자 집 앞에 나와 서 있는 신부님이 보였다. 상황을 설명하지 않아도 신부님은 내 모습만을 보고 무언가를 알아챈 것 같았다. 신부님은 말없이 나를 꽉 끌어안았다. 나는 눈물지으며 한참을 신부님께 안겨 있었다. 나는 신부님 품에 안긴 채 내가 왜 십여 년 전 그의 선의에 그토록 마음이 움직였는지 알아지는 것 같았다.

그것은 일종의 원인 불명의 사랑, 누군가가 나에게 베푼 최초의 조건 없는 선의에 대한 깊은 각인이 아니었나 싶었다. 집에는 아흔이 가까운 신부님의 어머니가 병환으로 누워 있었다. 신부님은 어머니의 마지막을 같이 하기 위해 휴가를 청해 와 있다고 했다. 날이 저물자 나는 근처의 민박집에서 하루를 보내기로 하고 그 댁을 나왔다.

다음 날 신부님을 다시 찾은 나는 그러지 않으려고 했는데도 마치 어린아이가 고자질을 하듯 속엣것들을 뿜어내고 말았다. 신부님은 나를 도울 수 있는 방법이 구체적으로 무엇이어야 하는지 여러 가지로 내게 묻고는 성급하게 결정하지 말고 시간을 두고 천천히 방법을 찾아보자고 했다. 그러고는 더블린에 있는 자신의 여동생 전화번호와 주소를 내게 건넸다. 아일랜드를 떠난 지 오래된 신부님이 당장 내게 도움을 줄 길이 마땅치 않다며 더블린 시내 오코넬가의 큰 앤티크 숍에서 일을 하는 동생이 어쩌면 현실적 도움이 되지 않을까 싶다고 했다. 나는 신부님께 짐을 얹어 준 자신이 한없이 초라하고 못나게 느껴져 고개를 떨구었다.

신부님의 어머니는 가끔 정신이 드는 때가 있는지 나와 이야기를 나누고 있는 아들에게 손짓을 하며 옆에 와 앉으라고 했다. 아마도 울며불며 이야기를 하는 나와 심각한 표정의 신부님 사이에 무슨 일이라도 있는 게 아닌가 생각하는 것 같았다. 갑자기 어머니는 오래 끼고 있어 실같이 가늘어진 은반지를 아들에게 빼 달라고 했다. 그런 뒤 어머니는 그 반지를 신부인 아들의 새끼손가락에 끼워 주며 절대 신부직을 떠나서는 안 된다고 반지에 걸고 맹세하라고 힘없는 목소리로 말했다. 신부님은 어머니의 말에 고개를 끄덕이고 나를 바라보며 미소를 지었다. 그러나 그 눈가에 눈물이 고여 있는 걸 보고 괜한 죄책감이 들었다.

나는 언제 다시 신부님을 뵐 수 있을지 기약이 없는 채로 무엇을 어떻게 할까 망설이다가 골웨이에 와야 갈 수 있는 곳인 애런 섬을 떠올리고는 다음 날 골웨이에서 애런 섬으로 가는 페리를 탔다. 대서양의 심한 파도에 출렁이는 배 안에서 나는 느닷없이 신부님 어머니의 당부가 떠올랐다. 아마 신부님도 그 성소를 벗어나고픈 때가 있는 건지 어머니는 그런 아들의 흔들림을 자신의 몸에서 평생 떼어 놓지 않았던 가느다란 은반지에 의탁해 붙들어 매려 했는지도 모른다. '모두 자신의 짐을 지고 가고 있는 것이다.' 내 짐만이 가장 무겁지는 않을 거라는 생각에 애써 매달리며 흩뿌리는 비에 출렁이는 배 안에서 계속되는 멀미를 견뎌 보려 했다.

한 시간여를 망망한 대서양을 가로질러 흔들리며 가다 보니 눈앞에 하얀 등대가 나타나고 그 뒤로 마치 신기루처럼 기다란 섬이 누워 있었다. 배가 닿은 곳은 세 개의 애런 섬들 중 가장 큰 '이니시모어'였다. 애런 섬에 와 보는 것은 나의 오랜 꿈이었다. 처음 대학에 입학하고 수업이 비어 있는 한 두 시간을 메꾸려 도서관에 갔다가 서가에 삐죽 튀어나와 있는 커다란 책을 빼 본 적이 있었다. 바로 아일랜드와 애런 섬을 사진과 함께 설명해 놓은 사진집이었다. 마치 우리네 제주도 와도 같은, 밧줄로 지붕을 동여맨 집과 돌무더기, 조랑말 등 의 사진과 함께 황량한 절벽 위의 옛 수도자들의 은거지 등 은 희곡 작가 존 싱의 『바다로 가는 기사들』의 내용과 맞물 려 나에게 근원이 불확실한 그리움을 불러일으킨 시발점이 었다. 그렇게 그립던 애런 섬을 결혼, 출산 등으로 미루다 이 제 그 결혼이 깨어질 무렵에서야 이렇게 혼자 와 보게 된 것 이다.

섬에 발을 들여놓자마자 여기저기서 조랑말이 끄는 마차 의 마부와 택시 기사들이 서로 자신들의 탈것을 이용하라고 손을 잡아끌었다. 그사이 비는 그쳐 있었지만 겔릭어의 강한 억양이 귀에 설어 불안해진 나는 인자한 웃음을 띤 나이 지 긋한 택시 기사를 택해 안내를 부탁했다. 다행히 그 기사는 동행이 없는 동양 여자를 이상하게 생각하지 않았다. 자신처 럼 유능한 안내인을 만난 건 대단한 행운이고 비가 흔한 이 섬에서 이렇게 밝은 햇빛을 만났으니 그것 또한 축복이라며 사람 좋은 웃음을 웃었다. 그러나 그의 그 편안한 웃음과 농 담에도 불구하고 계속 몸과 마음이 무거웠다.

식당과 마차들이 즐비한 선착장 근처를 벗어나면서 애런

섬에 왔으면 꼭 봐야 할 좋은 곳으로 안내해 주겠다는 그의 말에 따라 '던 앵거스' 요새로 향했다. 그는 나를 요새 길목에서 내려 주고 두 시간 후에 다시 올 테니 천천히 둘러보라고 했다. 말똥 냄새를 맡으며 경사가 급하지 않은 돌밭을 40분쯤 숨이 차게 올라가니 요새가 나타났다. 해적의 침략을 막기 위해 섬 끝의 단애에 세워진 이 요새는 자연이 얼마나 위협적일 수 있는지 여실히 보여 주고 있었다. 수십 길 절벽 밑의 시퍼렇다 못해 귀기가 도는 대서양을 내려다보며 잠시 나는 무거워진 몸과 마음을 저 시퍼런 물 밑으로 그만 가라앉히고 싶다는 생각을 했다. 그러나 그냥 그렇게 끝내는 건 너무 쉬운 일이었다. 나는 얼른 스스로가 한 생각에 한기를 느끼며 한 발 뒤로 물러났다.

수천 년 세월의 풍상에 깎여 내려앉은 성벽과 끝이 보이지 않는 시퍼런 대서양의 파도 소리는 자연과 시간 속에서 나라는 인간이 얼마나 하찮고 왜소한 존재인가를 일깨워 줄 뿐이었다. 저 너머 먼 절벽 위에는 옛 수도승들의 혈거가 그대로 남아 있다고 했다. 그 절벽 위의 좁은 동굴에서 예전의 수도승들은 어떤 생각과 어떤 모습으로 이 세상을 바라보고 기도로 밤낮을 지새울 수 있었을까? 파도 소리와 갈매기 울음소리 말고는 인간의 흔적이 없는 이 황무지에서 도대체 어떤 정도의 믿음이 있어야 그런 수덕이 가능하단 말인가? 나는 세찬 파도가 몰아치는 단애가 병풍처럼 서 있는 요새의 폐허에 선 채 내 내면의 폐허를 어쩌지 못하고 계속 서성이고 있었다.

　두 시간이 조금 넘어 내려가 보니 기사는 약속대로 와 있었다. 때 없이 비가 내리고 마주할 수 있는 건 검푸른 대서양뿐인 이 섬이야말로 고행과 금욕을 실천하는 수도승들에게는 최고의 수행지였다며 기사는 수도원 유적지로 나를 안내했다. 그러면서 그는 아일랜드는 신으로 가득한 나라이면서 종교라는 이름으로 수백 년 동안 증오와 상처를 남기기도 한 땅이라고 조금은 냉소적으로 말했다. 잠시 후 도착한 '일곱 교회' 유적지는 참으로 황량하기 이를 데 없는 곳으로 무너진 교회터가 놓인 빈 들에는 바람만 불고 파도 소리만이 들렸다. 다시 차를 몰아 당도한 '네 성자의 수도원'에서는 기사가 시키는 대로 옹달샘 같은 샘물 앞에서 작은 돌 일곱 개를 주워 샘물에 던졌다. 기도와 함께 돌을 던지면 그 기도가 이루어진다는 그의 말을 들으면서도 나는 어떤 기도를 어떻게 해야 할지 몰라 한참을 망설였다. 어떤 기도가, 어떤 바람이 지금 나에게 가장 필요한 것인지 알려 주십사 하는 기도만이 내가 유일하게 할 수 있는 기도였다.
　몇 군데 더 수도원과 성지의 폐허를 둘러보며 나는 이 애런 섬의 헐벗고 잔혹한 자연환경이 내 내면만큼이나 황량하다고 느껴지면서 이상하게 편안하고 위로받는 기분이 들었다. 그러나 이 섬에서 묵어가고 싶지는 않았다. 택시 기사는 나의 그런 편치 않은 기색을 읽고 마음의 평화와 위로가 필요한 사람이라고 짐작했는지 밝고 환한 섀넌 강가로 가 보라고 했다. 그는 이 거친 애런 섬을 벗어나 육지 한가운데 있는 섀넌 강 근처로 가 송어 낚시를 하면 기분이 좋아질 거라고 청하지 않은 다음 여행지까지 친절하게 추천을 했다. 그가 말한 '밝고 환한'이라는 의미에 필사적으로 매달리고 싶은 마음으로 나는 섀넌 강가로 가기 위해 얼른 마지막 선편으로 애런 섬을 빠져나왔다. 어쩌면 그 섬이 나를 아주 붙잡아 가라앉힐 것 같은 두려움을 떨쳐 내고 싶었는지도 모른다.

저녁이 이슥해 당도한 골웨이에서 하룻밤을 더 보내고 아침 일찍 '밝고 환한' 곳을 찾아 섀넌 브리지로 향했다. 애런 섬의 기사가 적어 준 쪽지에 적힌 섀넌 브리지의 민박집에는 프랑스와 독일에서 낚시를 즐기러 온 사람들이 묵고 있었다. 말 그대로 밝고 환한 곳이었다. 그곳은 비가 내려도 아름답고 음침하지 않았다. 비가 그치자 반짝 드러나는 푸른 강, 초록의 벌판, 새파란 하늘, 회색의 돌무덤 사이에 지천으로 피어 있는 영롱한 색깔의 야생 꽃들이 풀어 놓는 색채의 조화가 마른 돌무덤 같은 내 마음에도 와닿았다. 다음 날 아침이 되자 묵고 있던 낚시꾼들이 떠나고 민박집은 조용해졌다. 혼자 방 안에 앉아 있는 것을 이상하게 생각하는 안주인을 피해 천천히 산책을 나가 주변을 둘러보기로 했다.

강둑을 따라 걷다가 칠이 다 벗겨진 팻말에 적힌 '성 구세주의 성당'을 표시하는 화살표를 쫓아 습하고 해가 들지 않는 오솔길로 들어가 보았다. 가도 가도 성당의 흔적은 보이지 않고 사람의 모습은 더더구나 볼 수 없이 두 시간여를 헤매다가 그 오솔길의 끝에서 다 부서져 없어지고 양쪽 벽면만 남은 성당의 흔적을 만났다. 인적이 없는 강변에 완전히 폐허처럼 버려져 있는 곳이었다. 키 큰 나무로 둘러싸인 골짜기에 팻말 하나 없이, 돌보는 이 하나 없이 버려진 성당의 부서진 돌담들은 반짝이는 햇빛 아래 몹시 애달픈 모습을 드러내고 있었다. 어지럽고 정처 없는 내 마음가짐 때문인지 오래된 돌들이 내뱉는 무언지 모를 이야기에 괜한 눈물을 흘리며 한참을 무너져 내린 그 돌담 위에 앉아 있었다. 이곳에서 시간을 좀 더 보내고 싶었다. 다른 사람들과 부딪치지 않으면서 나를 추스를 곳을 찾아 나는 클론맥노이즈 근처의 인적이 드문 B&B를 찾아갔다.

섀넌 브리지의 식당 주인이 추천해 준 그곳은 오래된 장원을 민박집으로 꾸민 곳이라 했다. 일주일 이상을 묵으면 장원에 딸린 별채를 빌려 준다는 말을 듣고 찾아간 곳이었다. 실제로 그곳은 장원의 별채가 아니라 장원의 부속 교회였다. 작은 가족 교회를 한두 사람이 숙박할 수 있는 침실과 욕실, 간이 부엌으로 개조해 놓은, 그때의 나에게는 더할 수 없이 좋은 유배지이자 피난처였다. 처음으로 비용에 대한 근심을 접은 채 나에게 극진한 대접을 해 주기로 마음먹었다. 온전히 나에게 아무에게도 방해받지 않는 모든 시간과 공간의 여유를 주고 나를 다시 일으켜 보려는 나름의 처방이었다. 그러나 한편으로는 그 호사를 치르는 대가가 내게 능멸을 안긴 고든에게서 나온다는 데에 치욕을 느끼지 않을 수 없었다. 고든은 내가 떠나는 날 아침 꽤 많은 현금과 카드 한 장을 내 핸드백에 밀어 넣어 주었었다.

밖에서 보면 그곳은 그냥 참 예쁘장한 작은 가족 예배소였다. 뾰족하게 솟아 있는 종탑에 달려 있는 작은 종이 가끔 바람에 흔들리는 그곳은 편안한 마음의 사람이 찾으면 더없이 행복감을 안겨 줄 아늑한 공간이었다. 천장이 높은 교회의 한쪽 편을 로프트처럼 꾸미고 침실을 만들어, 돌벽과 스테인드글라스가 침대 옆의 벽과 창이 되어 있었다. 침대에 누워 천창 사이로 비치는 달빛을 바라보며 마치 내가 하늘과 땅의 중간쯤에 마냥 떠 있다는 생각을 했다. 공중에 부양이 된 채로 무중력 상태에 놓인 사람처럼 내 몸과 마음에서 모든 것을 다 빼고 그대로 그냥 떠 있어 보려 했다. 그러나 쉽지 않았다. 앞뒤에 놓인 근심과 걱정은 나를 놓아주려 하지 않았다.

나는 바보처럼 멍하니 일어나 앉아 있어 보기도 하고 눈물을 줄줄 흘려 보기도 하고 억지로 책을 꺼내 읽어 보려 애를 쓰기도 했다. 며칠이 지나자 아침에 눈을 뜨면 수프나 차를 끓여 마시게 되고 점심시간이 가까워지면 식당과 상점들이 있는 동네의 중심가로 한참 걸어 나가 시간을 보내다 근처 호수나 강가를 산책하다 들어오는 나름의 일과도 생겼다. 그러나 해가 어둑어둑 지기 시작하는 저녁 시간은 견디기가 어려웠다. 해가 설핏해지고 어두워지기 시작하면 갑자기 아이 생각에 몸이 오그라들면서 마음을 다잡기가 힘들어졌다.

그렇게 정처 없는 마음의 파도가 밀려들고 빠져나가는 사이사이마다 정말 사지가 마비되는 듯한 고통이 찾아왔다. 사방이 깜깜해질 때까지 작은 교회의 안팎을 서성이다가 아무것도 보이지 않는 밤이 되면 다시 침대에 누워 공중에 떠 있는 사람처럼 긴장된 몸과 마음의 힘을 빼려고 애를 썼다. 그것은 마치 심한 통증을 느끼면서도 그 통증이 정확히 어느 부분에서 오는 것인지 몰라 여기저기에 패치를 붙여 보는 절박한 사람의 뒤챔과 같은 것이었다. 그렇게 클론맥노이즈 근처에서 이 주일을 보내고 나서야 정신이 조금 차려지면서 신부님의 동생을 만나 봐야겠다는 생각이 들었다. 그냥 이대로 집으로 들어가 아무 일도 없었다는 듯 살 수는 없는 일이었다. 할 일을 찾아야 했다. 뭐가 됐든 몸을 움직여 살 길을 만들어 나가야 한다는 생각이 들었기 때문이다. 그러나 더블린으로 들어가는 게 무섭고 싫었다. 내가 좋아하던 사람과 물건들이 다 그곳에 있는데 왜 그곳이 이렇게 무섭고 싫은지 알 길이 없었다. 그러면서 문득 열다섯 살 때 내가 겪었던 무섭증이 되살아났다.

언니는 나와 두 살 터울이었다. 말이 없고 고집이 센 언니는 무너져 내리는 집안 형편과 어머니의 재혼을 자신의 방식대로 받아들였다. 어머니는 이제 막 사춘기를 지나고 있는 위의 두 딸이 자신의 재혼을 어떻게 생각하고 받아들일지 겁이 났던지 의논을 생략한 채 먼저 그것을 기정사실로 만들어 버렸다. 언니와 나를 잠시 큰 이모 집에 맡기고 어머니는 동생을 데리고 다른 곳으로 이사를 했다. 나는 얼마 있지 않아 돈암동의 외삼촌 집으로 들어가고 언니는 이모 집에 남아 있었다. 언니와 나는 만날 기회가 많지 않았다. 거리 때문이기도 하고 그 나이가 갖는 우울과 자기소외 때문이기도 했다. 그런 어느 날, 외삼촌 집으로 연락이 왔다. 언니가 죽었다는 소식이었다. 언니는 이모가 집을 비운 사이 약을 먹고 스스로 목숨을 끊은 것이었다.

언니가 얼마나, 어떻게 긴 시간 동안 약을 사 모았는지는 아무도 모른다. 부엌 바닥에 떨어져 있던 세코날 두어 알만이 열일곱 살의 선택이 얼마나 완강하고 단호한 것인지 잘 보여 줄 뿐이었다. 이상하게도 나는 그 소식을 듣고 병원으로 가면서 그냥 올 것이 왔다는 담담한 기분이 들었다. 그러면서 한편으로는 언니의 한발 빠른 선택이 내게 주어질 수도 있었던 기회를 앗아 갔다는 말도 안 되는 생각을 하며 슬픔을 압도하기 위해 초연함을 가장했다. 어머니의 자책은 어머니를 쓰러뜨려 장례식은 먼 친척 아주머니와 내가 치르게 되었다. 어머니는 아무에게도 알리지 말라고 신신당부하며 이모에게도 나타나지 말 것을 부탁했다. 언니의 영구차에는 단 세 사람만이 탔고 화장으로 장례를 마쳤다. 나는 지금도 잘 모른다. 무엇이 언니를 죽을 만큼 힘들게 한 것인지.

장례식 일주일 후 언니의 물건을 정리하러 저녁 늦게 이모 집으로 가는 언덕길을 오르면서 나는 끔찍한 한기와 함께 몸을 가눌 수 없는 두려움을 느꼈다. 언니가 매일 이 언덕길을 어떤 생각을 하며 오르내렸을까? 하는 생각과 함께 병원에서 보았던, 사후경직이 되어 푸르게 변한 언니의 얼굴이 떠올라 한 발짝도 옮길 수 없는 두려움 속에 갇혔다. 얼마나 어떻게 시간이 흘렀는지 모른 채 나는 언덕길 옆 공터의 담벼락에 기대서 있었다. 아마 너무 두려운 나머지 담벼락 옆으로 가서 섰던 모양이었다. 죽음이 무엇인지, 그것이 어떻게 산 자와 죽은 자를 서로 다른 세계로 갈라놓는지를 전혀 모른 채 육친의 주검을 처음으로 마주하고 설명할 수 없는 원초적 공포를 느꼈던가 보았다. 어쩌면 그 절체절명의 두려움은 망자와의 연을 끊어 내고자 하는 일종의 무의식적 자구책이었는지도 모른다. 그날 이후 나는 언니와의 기억을 자신도 모르게 모두 매몰시켜 버렸다.

　왜 이십여 년 전의 그 두려움이 더블린까지 따라와 죽음을 마주한 것도 아닌 그때 되살아나 사지를 묶어 놓는지 알수 없었다. 지금 돌이켜 보면 그때 고든과의 일은 내게 죽음보다 더한 불가해한 고통이었고 그 직면하기 힘든 고통을 이겨 내기 위한 방어기제로 어린 시절의 두려움을 다시 가동시켰나 보았다. 그러나 더 이상 어리지도, 마냥 젊지도 않은나는 그렇게 두려움 속에 갇혀 있을 수만은 없었다. 내가 치르고 지나가야 할 무섬증이라면 겪어 내는 수밖에 없다고 생각하며 억지로 더블린으로 향했다. 다행히 더블린 중심에 있는 오코넬가는 내가 살던 더블린 교외와는 방향이 달라 낯섦을 느끼게 했다. 나는 계속 아이가 있는 집 쪽 방향은 애써외면하며 신부님의 동생을 만나러 더블린 시내로 들어갔다.
　신부님의 동생은 오빠에게서 이야기를 들었다며 반갑게맞아 주었다. 신부님보다 훨씬 호방한 성품을 가진 몸집이큰 사람이었다. 그녀는 자신을 몰리로 부르라면서 내 어깨를감싸 안았다. 잠시 가게 사무실에서 그녀의 일이 끝날 때까지 기다렸다가 해 질 무렵 그녀의 집으로 따라나섰다. 아이들은 자라 집을 떠나고 남편은 몇 년 전 사별했다며 빈 방이 많으니 걱정하지 말고 편히 지내라고 계속 나를 다독거려 주었다.

그러나 나는 고든과 아이가 있는 더블린에 있으면서 계속 그들을 보지 않고 지낼 수는 없었다. 나는 몰리에게 더블린이 아닌, 될 수 있으면 아일랜드가 아닌 곳에서 일을 할 수 있으면 좋겠다는 청을 어렵사리 했다. 몰리는 영국의 여러 곳에 자신이 잘 아는 가게들이 있으니 사람이 필요한지 알아보겠노라고 하면서 일에 대한 예비지식을 일러 주고, 앞으로 이 일에 관심이 있으면 전문적으로 공부를 해 보라고 권했다. 몰리는 고서적의 전문가였다. 외국인인 나는 고문헌보다는 좀 더 접근이 쉬운 고가구나 도자기 등에 관심을 가져 보라고 집에 있는 경매 자료와 책들을 챙겨 주기도 했다. 나는 돌아가신 아버지의 취미였던 골동품에 대한 애착이 내 생의 새로운 국면을 여는 단초로 여기서 이렇게 작동되는 수수께끼 같은 연결이 놀랍고도 신기했다. 그러면서 이 일이 나를 지켜 내는 것이 되어 주었으면 좋겠다는 생각을 했다.

그렇게 십여 일을 몰리의 가게와 집을 같이 오가며 전혀 모르던 세계로의 오리엔테이션을 받고 영국의 에든버러에 있는 가게의 임시 직원으로 갈 수 있게 되었다. 출산 휴직을 하게 된 여직원 대신 3개월을 근무하는 조건이었다. 어떻든 급히 더블린을 뜨고 싶은 내게는 싫고 좋고가 있을 수 없었다. 몰리는 다시 나를 다독거렸다. 3개월 동안 임시로 일을 하며 정말 할 만한 일인지 가늠을 해 보라고 했다. 계속 하고 싶다면 영국의 개방대학에서 제공하는 교육과정을 이수하고 제대로 직업을 가질 수 있는 준비를 해야 한다고 친절하게 일러 주었다.

더블린을 떠나기 이틀 전 나는 시내에서 고든을 만났다. 지금 다시 아이를 보면 그 아이를 떼어 놓고 떠날 수가 없을 것 같았다. 나는 다음 날 집으로 가 짐을 챙길 수 있게 아이를 윗집에 보내고 집에 아무도 오지 못하게 해 달라고 부탁했다.

다음 날, 불과 채 한 달도 되기 전 내가 살던 바로 그 집으로 향하는 내 발길은 낯설고도 무거웠다. 집 안에 들어선 나는 몸을 움찔했다. 구석구석 낯익고 편안했던 그 집은 무언지 갑자기 축소돼 보이기도 하고 또 갑자기 확대돼 보이기도 하면서 나를 밀어내고 있었다. 창을 통해 들어오던 햇빛도 낯선 방향으로 비껴가는 것 같고 마당의 작은 꽃들도 나를 외면하는 것 같았다. 나는 한참을 무연히 앉아 언젠가 다시 내가 이 집으로 올 것인지 생각해 보았다. 확신이 서지 않았다. 그렇다고 지금 당장 완전히 고든과의 관계를 끝내겠다는 결심도 할 수 없었다.

나는 요령부득의 내 미련을 자책하면서 최소한의 짐을 꾸렸다. 한국서부터 가져왔던 책들과 자금자금한 상자들, 아주 작은 개다리소반 등 온전히 내 물건에 속하는 것들은 부엌 뒤의 작은 방에 모아서 넣어 두었다. 언제건 다시 오지 않고도 가져갈 수 있도록 분류를 해 논 셈이었다. 짐을 정리하는 동안 내내 나는 아이의 뛰어노는 소리, 나를 찾는 아이의 울음소리를 환청으로 들으며 계속 뒤를 돌아보는 자신에게 회초리질을 하며 다그쳤다. 한나절이 지난 뒤 트렁크 두 개에 석 달간 입을 옷가지와 소지품을 챙겨 들고 그 집을 다시 나섰다. 잠시 여행을 떠날 때와는 기분이 달랐다. 정말 나는 영영 이 집에 다시 오지 않을 것인가? 나는 뒤돌아보지 않고 그곳을 떠났다.

에든버러

에든버러에서의 일은 고된 것은 아니었다. 무료하게 앉아 손님을 기다리는 것이 고되다면 고된 일이었다. 전문 지식이 없는 내가 할 수 있는 일은 한정적이었다. 내게 주어진 일은 보통의 가게 점원이 하는 단순 노동 정도였다. 그래도 다행이 었던 것은 가게 옆에 붙어 있는 조그만 방을 혼자 쓸 수 있는 것이었다. 좁은 부엌이 달려 있는 그곳은 고객에게 차를 끓여 내오고 가끔 주인 내외가 쉬기도 하는 곳이었다. 간이 침대와 옷걸이, 문을 닫기도 힘든 작은 샤워실이 전부였지만 나로서는 따로 지출이 필요 없는 고마운 공간이었다. 나는 그 좁은 공간에 고마워하는 나 자신이 딱하고 안쓰러우면서도 한편으로는 안심이 되었다. 사람이 생존을 유지하는 데에는 그렇게 대단한 공간이 필요한 것도 아니고 여러 가지 부속물들이 따라야 하는 것도 아니라는 소박한 생각이 그제서야 들었기 때문이다. 많이 갖지 않고도 살 수 있다는 생각을 우리는 왜 많은 걸 빼앗긴 뒤에야 할 수 있는 것인지 참 알 수 없는 일이었다.

늘 편안하거나 타당하다고 느끼며 살지는 않았지만 그래도 뒤돌아보면 내 판단이 옳지 않았던 적이 많았지 삶이 내게만 부당한 심판을 한 건 아니었다. 나는 내 삶을 그렇게 흘러가도록 잠시 내버려 두기로 했다. 흘러가는 물이 혼탁해져 바닥이 보이지 않는 일이 없도록 그 흐르는 물에 손이나 발을 넣어 휘젓는 일은 하지 않기로 마음먹었다. 극심한 감정의 소모로 맑은 물이 흙탕물이 되지 않도록 해 보기로 했다. 주위에 아는 사람이 없다는 것, 하는 일이 단순 노동에 그친다는 것, 거기에 사는 공간이 최소한에 불과하다는 내 삶의 조건이 잠시 나를 그 삶에 멈추어 서서 맑은 물이 보일 때까지 흐르는 물 같은 시간을 응시할 수 있게 해 주었다. 시간과 화해하는 방법, 어쩌면 그래서 나 자신과 화해하는 방법은 이렇게 시간이 그냥 흘러가게 두는 것이었다.

말이 없고 꽤 성실한 처신이 마음에 들었던지 가게 주인은 출산 휴가가 끝나고도 나오기 힘들게 된 전임자 대신 나를 더 일할 수 있게 해 주었다. 3개월이 지난 뒤 나는 에든버러 대학의 평생교육 과정에 등록해 저녁이면 고미술에 대한 강의를 듣기 시작했다. 영문학을 공부한 배경이 아주 쓸모가 없지 않아 재미도 있었고 시간도 많이 단축이 되었다. 3개월이 지나고도 연락이 없는 나를 찾아 고든이 어느 주말 에든버러로 왔다. 나는 말없이 마주 앉아 그를 바라보았다. 그는 이제 나에게 아주 낯선 사람이 되어 있었다. 그가 변한 게 아니라 내가 변한 것이었다. 이미 나는 그가 없는 삶을 살고 있었던 것이다. 나는 아이에 대해 물었다. 가끔 엄마를 찾기는 하지만 잘 지내고 있다고 했다. 나는 내가 안정된 직업을 가질 때까지 아이를 잘 맡아 달라고 그에게 말했다. 이혼은 내가 아이를 데려올 수 있을 때까지 기다리자고 했다. 그는 내가 하는 모든 말에 다른 의견을 내지 않고 그대로 따르겠다고 했다. 내가 먼저 고든에게 지금은 그의 경제적 도움은 받지 않겠다고 말했다. 이혼 절차를 마무리 지을 때 다시 의논하자는 내 말을 그는 수긍해 주었다. 더블린으로 돌아간 고든은 얼마 뒤 아이의 사진 몇 장과 내게 필요한 듯싶은 물건과 옷가지들을 소포로 보내왔다. 나는 웃고 있는 아이의 사진을 보면서 서양인의 모습이되 어딘가 그렇지 않은, 언젠가는 지금과는 조금 다른 입가와 눈매를 갖게 될 내 아이를 생각하며, 그리고 무엇보다도 그 아이의 얼굴에 지금도 언뜻 보이는 어릴 적의 내 모습을 떠올리며 눈물지었다.

정확하게 몇 살 때였는지는 잘 기억나지 않는다. 아마 대여섯 살 때가 아닌가 싶다. 왜 그랬는지 나 혼자만 작은집 식구들과 같이 범어사 옆으로 흐르는 큰 시내에서 물고기도 잡고 밥도 해 먹던 장면이 떠오른다. 피난지 부산에서 모두들 오글오글 모여 살 때의 어느 날, 아마 작은집 식구들의 나들이에 내가 우연히 끼인 것인가 보았다. 아이는 사촌 둘과 나였다. 그리고 그때 우리 집에서 기식을 하던 막내 삼촌이 동행했다. 한참 가재를 잡고 버들치에 소리를 지르고 하다가 옷이 많이 젖고 배가 고팠던지 사촌 둘은 부모에게로 뛰어가 이것저것 요구도 하고 어리광을 부리고 있었다. 갑자기 혼자가 된 나는 물가에 서서 옷이 젖은 채로 멍하니 그들을 바라보고 있었다. 작은어머니는 사촌들의 젖은 옷을 수건으로 말려주고 그 아이들의 입에 무언지 먹을 걸 넣어 주고 있었다. 나는 부모에게 치대고 응석을 부리는 그들을 바라보며 나는 왜 혼자인지 이상하다는 생각을 했다. 그렇게 멍하니 서 있는 내가 딱했던지 막내 삼촌이 다가와 손을 잡고 물가에서 데리고 나왔다.

아마 그때 나는 처음으로 외로움, 아니면 소외감 같은 걸 느꼈는지도 모른다. 무언지 사람들 사이에서 비켜나 있는 느낌, 나와 그들이 다르다는 느낌을 가졌던 것 같다. 그리고 그 느낌은 지금도 나를 따라다니고 있다. 그런데 나는 그 벗어날 수 없는 외로움과 소외감을 어린 내 아이에게 고스란히 그대로 물려주는 짓을 감행하고 있었던 것이다. 나는 스스로를 용서할 수 없었다. 나를 용서하지 않기 위해 계속 벌을 서야 한다고 생각했다.

사실 에든버러는 내게 너무 암울하고 검은 도시였다. 에든버러 성으로 올라가는 큰길을 조금 벗어난 언덕길에 있었던 가게는 진열된 물건들만큼이나 오래되고 어두운 곳이었다. 하루 종일 비가 오는 때가 많고 해가 반짝 나는 날도 가게는 축축하고 어두웠다. 진열창 밖으로 보이는 맞은편 건물들도 모두 빗물과 시간의 때를 켜켜이 입어 늘 검은색으로 번들거렸다. 여행객으로 와서 봤으면 멋스러울 그 오래된 검은 돌집들이 몸과 마음의 어둠 속에 살고 있던 나에게는 가끔씩 몸서리가 쳐지게 커다란 검은 날개를 단 괴물처럼 느껴졌다. 어쩌면 나는 영영 그 날개 아래 사로잡혀 빠져나가지 못할 것 같은 생각이 들었다. 도대체 나는 왜 여기에 이렇게 잡혀 있는가? 아이가 울고 있는 꿈을 꾸다 가위에 눌리기도 하면서 점차 나는 어둠과 검은색에 익숙해졌다. 벌을 받고 있는 것이고 이렇게라도 벌을 받아야 스스로를 용서할 수 있을 것 같았기 때문이다.

다행히 일 년 동안의 고미술 강의는 내가 하는 일에 친숙해지는 계기가 되었다. 그 과정을 듣는 유일한 동양인이었던 나는 서양 사람들과는 다른 항심을 갖고 강의에 집중해 나름대로의 감식안을 키울 수 있게 되었다. 어릴 때부터 좋아해 더러 간수하기도 했던 작은 상자들, 이를테면 종이 상자에서부터 시작해 나무 상자, 동이나 쇠로 만든 상자에 이르기까지 나는 동양과 다른 모습의 상자들에 유난히 관심을 갖게 되었다. 많지 않은 급료였지만 형편이 닿는 한도에서 상자들을 하나씩 사 모으기 시작했다. 상자들에 집착하는 스스로가 의아하면서도 흩어지면 없어질지도 모르는 기억을 갈무리하듯 하나둘씩 모은 상자에 나는 아이 사진, 한국서 온 편지, 여기까지 끌고 온 세 살 때 쓰던 은수저와 아버지가 초등학교 입학 때 새겨 준 나무 도장까지 차곡차곡 챙겨 넣었다. 그러면서도 한편으로는 늘 이 모든 것이 부질없다는 생각, 몇 번의 이산과 떠남을 겪으며 버리고 떠날 수밖에 없었던 모든 것들에 대한 회한도 함께 가지고 있었다.

왜 우리는 어떤 물건들을 다른 물건보다 더 소중하게 생각하고 선택의 순간에 어떤 건 버리고 어떤 것은 간직하는지? 차 수저로 쓰기에도 뭣한 돌잡이용 은수저는 내게 무엇이며, 한자로 내 이름이 새겨진 그 오래된 나무 도장이 이 서양에서의 삶에 어떤 효용이 있어 아직도 버리지 못하는지, 그것들이 내 기억의 갈피에서 왜 지워지지도 않고 폐기되지도 않는지, 그것이 내 삶에 무슨 의미가 있어 이곳까지 나를 따라

왔는지 나는 대답 없는 질문을 계속했다.

그렇게 에든버러에서 2년을 보내고 나서 나이가 많았던 가게 주인 내외는 내게 그 가게를 위탁 운영하게 했다. 나는 가게 근처에 집을 구하고 본격적으로 가게 일에 매달렸다. 다행히 때가 맞았던지 한창 서양의 고가구와 빈티지 소품들을 찾아 유럽 각지를 헤갈고 다니는 일본을 위시한 동양 상인들 덕분에 꽤 재미를 보았다. 신부님 동생이 갖고 있는 이 방면의 정보와 인맥은 나를 특화된 동양 상인 전문으로 만들어 주었다. 그들이 불편해하는 언어와 문화 차이를 해소시키는 데는 아무래도 동양인인 내가 현지인보다는 낫다는 인식이 주효했던 것이다.

그 시절 동양 상인들은 주로 영국의 오크 테이블이나 식탁, 프랑스 시골의 컨트리풍 의자와 식탁, 옛 수도원이나 학교에서 나온 긴 식탁과 장의자 등을 많이 찾았다. 아마 그때 막 불기 시작한 서양식 카페 분위기의 찻집에 대한 열기가 그 수요를 부채질했던 것 같다. 나는 몰리의 소개로 프랑스 아비뇽의 가구 수집상을 알게 되어 프랑스로의 출장이 잦았다. 아비뇽의 구시가지 안쪽에 자리 잡은 그 가구상의 오래된 집은 작은 성을 방불케 했다. 집 안에는 방방이 엄청나게 많은 가구들이 쌓여 있었다. 불어가 능숙지 않았던 나는 거래를 위해 통역 겸 안내인이 필요했다. 다행히 오랜 유학 생활 끝에 여행 가이드를 부업으로 하는 부부를 만나 도움을 많이 받았다. 부부는 파리에서 작은 한국 식당도 운영하고 있었다. 처음 파리에 가 한국 음식을 먹으러 찾아갔던 트로카데로 근처의 한식당이 바로 그들이 운영하는 곳이었다.

나와 나이가 비슷한 부부는 금방 가까운 사이가 되었다. 나는 그들을 보면서 내가 갔을 수도 있는 길을 가고 있는 그들에게 동질감을 많이 갖게 됐다. 칠팔 년 넘게 끝나지 않는 공부를 하다가 한국에 돌아가 특별히 나은 일자리를 찾기도 힘들다는 생각에 두 사람은 귀국을 포기하고 파리에서 자리를 잡기로 한 모양이었다. 부인은 식당을 운영하고 남편인 이규현 씨는 단체 여행보다는 제대로 된 개별 여행을 원하는 사람들에게 여행안내를 하고 있었다.

그렇게 일 년 넘게 시간이 지나면서 그들과 함께 한국어로 말하고 서로 비슷한 생각을 주고받는다는 것에 많은 위로를 받았던 나는 그들에게 무언가 보답을 하고 싶어졌다. 품성이 점잖은 이규현 씨에게 신세를 많이 지기도 했고 또 파리에 가면 늘 맛있는 식사를 대접해 주던 부인에 대한 고마움에 나는 떼를 써서 식당을 며칠 쉬고 나와 같이 프로방스 여행을 하도록 부추겼다. 한 번도 자신에게, 또 남에게 여유를 보이지 못했던 나는 그들과 함께 그 여유를 찾고 싶었다. 그들 역시 빠듯한 유학 생활과 이후의 생업 때문에 여유 없이 살아온 건 마찬가지였다. 나는 이제 벌을 서는 삶을 접고 싫어졌다고 그들을 설득했다. 마지못해 두 사람은 내 아이와 나이가 비슷한 아들을 아는 집에 맡기고 나와 함께 프로방스로 가는 테제베를 탔다. 어차피 나와 규현 씨는 아비뇽에서의 업무가 있어 같이 가야 할 형편이었다. 무엇보다도 식당일로 하루도 개수대 앞에서 젖은 손을 말리지 못하는 부인을 음식 냄새에서 벗어나게 해 주고 싶었던 나는 규현 씨에게 한국에서 오는 돈 많은 고객에게 하는 것보다 더 고급의, 최고의 여행안내를 부탁했다.

아비뇽에서 차를 빌린 세 사람은 카시스에서 지중해의 짙푸른 물에 발을 담그기도 하고 아를을 지나며 고흐가 입원했던 정신병원도 들르고 세잔의 화실에서 한나절을 보내기도 했다. 그러다가 한가하게 남프랑스의 이즈 근방의 오래된 중세 마을을 돌다 언덕 꼭대기 가파른 골목 안에 꿈처럼 나타나는 오래된 카페에서 마카롱과 커피도 나누어 마셨다. 어딜 가건 저녁은 그곳의 가장 맛있다는 식당을 찾아 좋은 포도주가 따라 나오는 정찬을 함께했다. 그렇게 닷새를 보내고 돌아온 파리는 조금 더 정다운 곳이 되어 있었다. 그곳은 이제 좋은 친구들이 사는 자주 오고 싶은 도시였다.

3년이 지난 뒤 이제 때가 되었다는 생각이 들자 고든에게 연락을 했다. 가끔 전화로는 서로 이야기를 나누고 아이의 소식도 듣고 했지만 이번에는 달랐다. 내가 더블린으로 갔다. 사실 아일랜드인의 아내라는 내 법적 지위는 내가 하는 일에 많은 도움이 되었다. 그러나 언제까지 그런 처마 밑에 안주할 수만은 없는 일이었다. 나는 법적으로 경제적으로 독립하기로 마음을 먹었다. 우선 나는 가게를 인수하기로 했다. 위탁 운영이라는 꼬리를 떼고 제대로 내 이름으로 내 사업을 하기로 했던 것이다. 그동안 신부님 동생인 몰리의 조언에 따라 여기까지 잘 오긴 했지만 이제 혼자 설 때가 됐다는 그녀의 판정에 나도 결심이 섰던 것이다.

이혼 절차가 남아 있었다. 아이 문제는 아이가 조금 더 자란 뒤 스스로 결정하도록 하자는 데 동의했다. 실제로 유럽 각지의 경매나 여러 박람회 등에 뛰어다녀야 하는 내 입지가 아이를 데려다 키우기에는 온당치가 않은 조건이었다. 아이를 정기적으로 만나고 방학에 아이가 와서 같이 지낼 수 있는 정도의 조건으로 이혼 절차를 밟고 그가 인색하지 않게 내놓은 위자료로 나는 사업상 에든버러보다 여러모로 조건이 좋은 런던에 가게를 세내기로 했다.

런던

　런던 중심가의 비싼 임대료와 물가 등을 감안해 그때로서
는 빈민가에 가까운 이스트엔드의 퀸 메리 칼리지 근처에 있
는 꽤 큰 낡은 창고 건물을 세내었다. 이상하게도 일본 상인
들은 마치 유럽의 빈티지 가구들은 모두 끌어 모아 사겠다
는 듯이 식탁, 의자, 찬장, 옷장, 침대 헤드까지 미친 듯이 사
들였고 덕분에 나는 끊임없이 영국 전역뿐만 아니라 유럽 각
지의 여러 지방을 돌며 창고가 가득하도록 물건을 채워 놓아
야 했다. 유럽 곳곳에 산재한 지방 소도시의 온갖 크고 작은
경매나 전시장을 발이 닳도록 뛰어다니면서 나는 특별히 의
식하지 않은 채 나도 모르게 이 일에 깊이 몰입해 있었다. 어

찌 보면 다른 출구가 없어 그랬을 수도 있었지만 그것보다는 전문 지식과 현장 체험이 균형 있게 뒤섞여야 하는 이 일이 그때의 나에게는 몸과 마음을 추스르는 유일한 도구였기 때문이기도 했다.

오후 서너 시면 해가 지고 캄캄해지는 가을과 겨울의 이스트엔드는 생존을 위해 참아야 한다는 자기 주문이 없었더라면 견디기 힘든 곳이었다. 그곳은 광고 전단과 버려진 마권, 신문 조각들이 으스스한 비바람에 저주처럼 흩날리는 누추하고 정감이라고는 없는 곳이었다. 빈민 지역이라는 인식을 불식시키기 위해 대학을 끌어들여 건물도 짓고 연구소도 세우고 했지만 그 새로운 바람이 예전의 누추함과 정감 없음을 해소하지 못하고 그것들 역시 같이 누추한 채 피폐해지고 있었다. 거리에는 경마용 마권을 파는 가게와 술집, 조악하게 번쩍이는 불빛이 처절함을 더하는 성인 용품상이 줄지어 서 있었다. 그리고 그 앞에는 늘 쪼그리고 앉아 있거나 술에 취해 널부러져 있는 노숙자들이 희뿌옇게 풀린 눈길로 오가는 사람을 쳐다보고 있었다. 내게는 그런 모습이 어떻게 해도 면역이 되지 않았다.

몇 년을 그렇게 정신없이 뛰어다닌 끝에 나는 런던 남쪽 교외 서리에 조그마한 내 집을 마련할 수 있었다. 그렇게 할 수 있었던 가장 큰 동력은 가끔이라도 아이와 같이 지낼 수 있는 번듯한 공간이 있어야 한다는 목마른 일념이었다. 더블린의 새집 '경경'보다 마당은 작았지만 작고 깨끗한 이 집에 나는 상인들에게 넘기기 싫은 맘에 드는 가구와 소품들을 들여놓고 아이가 엄마와의 생활을 낯설고 불편해하지 않기를 바랐다. 그러나 아이와의 만남은 쉽게 이루어지지 않았다. 세 살이 갓 넘어 엄마에게서 버림받았던 아이는 제 아버지의 이모와 이종 누이를 자신의 외할머니와 엄마로 알고 이복형을 친형으로 생각하면서 자라 자신의 핏속에 있는 동양인의 흔적을 이해하지도 받아들이지도 못하고 있었다. 아직은 이해시키기가 이르다고 생각한 고든은 조금 더 기다리자고 하면서 아이의 학교생활을 담은 사진을 보내왔다.

이제 막 친구가 중요해지기 시작하면서 어쩔 수 없이 조금씩 드러나는 남과 다른 생김새와 피부색의 미묘한 차이들을 아이는 수치로 받아들이고 있었던 것이다. 나에게는 엄청난 충격이자 아픔이었다. 그러나 그것이야말로 내 부재가 만들어 낸 피할 수 없는 결과였다. 나와의 기억을 지우면서 자라온 아이에게 갑자기 내 존재를 각인시키려 무리하게 접근할 수만은 없었다. 그동안의 내 모든 노력과 계획이 좌절된 것에 대한 후유증은 의외로 컸다. 나는 한국을 떠난 지 십수 년 만에 처음으로 몹시 앓아누웠다. 그간의 긴장과 기대가 모두 물거품이 됐다는 무력감 속에 한동안 몸을 일으킬 수가 없었다.

나는 그때 처음으로 떠나온 한국에 대한 생각을 했다. 내가 계속 한국에서 살고 한국 남자와의 사이에서 아이를 낳았다가 그 남자와 헤어져 아이에게 상처를 입힌 것과 지금 내가 여기서 이렇게 아이에게 혼혈이라는 또 다른 고통을 얹어 주는 것 사이에는 어떤 차이가 있을까? 왜 그렇게 쉽게 서양 사람과의 결혼을 결정했던 것일까? 왜 나는 스스로에게만이 아니라 옆에 있는 사람들에게도 내 아픔을 떠넘기고 있는가? 이런 생각의 말미에 처음으로 한국을 잠시 다녀올 생각을 했다. 어머니가 몇 년째 노인 요양 시설에 맡겨진 채 건강이 좋지 않다는 소식을 들으면서도 몇 번 송금을 하는 걸로 때우고 있던 차였다. 나는 가게를 직원에게 맡기고 한 달 예정으로 서울로 향했다.

나의 한국행은 어찌 보면 내가 결정해서 간 것이라기보다 한국이 나를 애타게 부른 것이었다. 어머니에게 별다른 애정을 갖고 있지 않다고 스스로 매몰차게 생각했던 것은 잘못된 것이었다. 어머니는 멀리서 계속 나를 소리 없이 부르고 있었던 것이다. 육친의 정이라는 것은 우리가 모르는 그것만의 길이 있는지 어머니는 나를 만나고 십여 일이 지난 뒤 돌아가셨다. 나에게 회한을 남겨 주지 않으려고 열이틀을 나와 함께 버텨 준 것이었다. 십여 년 동안의 부재를 열이틀 동안의 밀착 간병으로 때운 셈이었다. 부모 자식 간의 애정의 방정식은 오차가 많은 건지도 모른다.

어머니의 장례식을 치르면서 처음으로 나는 어머니의 삶을 생각해 보게 되었다. 장례식에 온 외삼촌과 이모들이 기억하는 어머니는 내가 아는 어머니의 모습과 많이 달랐다. 어머니는 내가 바라본 어머니라는 역할만을 가진 사람이 아니라 유년기와 처녀 시절, 젊은 여자 시절을 두루 가진 한 인간이었다는 생각을 나는 해 본 적이 없었다. 열두 살에 어머니를 잃고 새어머니 밑에서 자라 오빠가 있는 일본에서 고등학교를 나온 뒤 신여성답게 연애결혼을 했던 어머니가 딸 셋을 낳은 뒤 좌익 활동에 연루돼 어느 날 말없이 사라져 버린 아버지를 마냥 기다리며 살아야 했을까? 가장이 부재한 살림에 자식들을 교육시키기 위해 어머니가 했던 의존과 모험의 줄다리기는 남자라는 매개체가 없이는 불가능했던 것이다.

어머니와 끝까지 가깝게 지냈던 작은 이모는 내가 꿈에도 생각해 볼 수 없는 어머니의 젊은 시절 이야기를 했다. 일찍 어머니를 여의고 공부보다는 멋 내기를 좋아하던 어머니는 큰오빠 집에서 더부살이하는 걸 벗어나려 일찍 결혼을 하고 싶어 했다고 한다. 비비안 리와 클라크 게이블이 주연한 영화 〈바람과 함께 사라지다〉를 보고 와서는 전쟁으로 무너진 집의 커튼을 뜯어 드레스를 만들어 입고 세상으로 나가는 스칼렛을 본떠 돌아가신 어머니의 모본단이나 명주 치마를 마름질해 신식 원피스를 만들어 입었다는 것이다. 어머니는 내 기억에도 바느질 솜씨가 뛰어났다. 뭐든 천이 있으면 뚝딱 잘 만들어 내었다. 그런 어머니가 혼자 힘으로 일어나 자립할 수 있는 정신적 강인함을 갖추기에는 정서적 안정감이 뒷받침되지 않았다.

어머니는 혼자 있는 것을 견디지 못하는 사람이었다. 누군가가 자신을 부추겨 주어야 하는 불안정한 사람이었다. 그런 미성숙한 성정에 덧붙여 누구보다 기가 세고 허영심도 못지않은 어머니가 그런 시대에 그런 조건에서 자신의 철없고 낭만적인 성급함에 이끌려 청년 실업가를 자처하는 아버지와 결혼한 것은 이상할 게 없는 일이었다. 어머니와 아버지의 결혼은 처음부터 삐걱거렸다고 한다. 아버지는 동란 후의 혼란기에 전후의 특수를 누리며 사업을 하면서도 1950년대 지식인들이 그러했듯이 좌우익 정쟁의 소용돌이를 끝내 피해 가지 못했나 보았다. '조봉암 사건'에 연루돼 지하로 몸을 숨길 수밖에 없었다고 했다. 한창 피난지 부산에서 사업을 일으키던 외삼촌이 백방으로 애를 썼지만 구속을 피하기 위해 아버지는 그때까지 국교가 없었던 일본으로의 밀항을 선택했던 것이다.

밀항 후 한동안 소식이 없던 아버지는 어느 날 한국에 다시 들어와 산사에 칩거하는 거사로 살다 돌아가셨다. 아버지가 어떤 경로로 어떻게 다시 한국으로 오게 됐는지는 자세히 모른다. 일본과의 국교가 없던 시절, 밀항한 한국 사람이 일본에서 살아남기 위해서는 남한 쪽인 거류민단이든 북한 쪽인 조총련이든 한쪽에 가담했어야 했을 것이다. 가족이 모두 한국에 있는 아버지는 남겨진 가족들에 대한 불이익이 두려워 어느 쪽도 선택하지 못하고 낭인처럼 이곳저곳을 떠돌다 불법 체류자가 되어 오무라 수용소에 갇히게 된 모양이었다. 얼마 후 강제 출국돼 부산항으로 송환된 아버지는 가족 앞에 나타나지 못하고 동래 범어사의 암자로 들어가 칩거를 했다고 한다.

아버지가 나를 찾아온 건 언니가 죽고 몇 년이 지난 뒤였다. 어디서 어떻게 듣게 됐는지 언니가 죽었다는 소식을 듣고 그간의 사정을 확인하고 싶었던 모양이었다. 내가 그때 아버지를 보고 처음 든 생각은 '이제 와서 새삼스럽게 왜?'라는 것이었다. 재혼을 한 어머니도 참을 수 없었지만 말없이 사라졌다 무책임하게 산사에 숨었던 사람이 왜 다시 세상의 끈을 찾아 모습을 드러내는지 도저히 알 수 없는 일이었다. 나는 아버지를 매몰차게 대했다. 일부러 그렇게 해야겠다고 해서 그런 게 아니라 아버지의 그런 비겁함이, 또 그의 뒷심 없는 현실도피가 그때의 나로서는 경멸감이 들었기 때문이었다. 한창 맺고 끊는 것이 분명해야 한다고 생각하고 일의 완결성에 경도해 있던 나에게는 몇 번에 걸친 아버지의 용단 없음이 크나큰 결함으로 보였던 것이다.

나는 아버지에게 다시는 찾지 말아 달라는 결정적인 말을 하고 돌아와 몇 시간을 목 놓아 울었다. 나는 그때의 울음이 나를 구했다고 생각한다. 언니가 죽었을 때, 어머니의 대책 없는 삶의 방식에 몸서리를 칠 때마다 울지 않고 모았던 모든 울음을 나는 그날 한꺼번에 모두 큰 소리로 울었던 것이다. 이후 나는 이상하게도 아버지의 무책임과 현실도피에 대해 어느 정도 관용적인 태도를 갖게 되었다.

대학을 졸업하기 직전, 한참 아일랜드로 떠날 생각을 하고 있던 가을 학기에 아버지의 친구라는 사람에게서 여러 경로를 거친 연락을 받았다. 산사에 있던 아버지가 뇌출혈로 돌아가셨다는 전갈이었다. 참으로 외로운 죽음이었다. 전 부인과 자식들이 있음에도 연락할 곳이 없던 객사였던 것이다. 나는 어머니에게 달려가 소식을 전하고 범어사로 가 보겠다고 말했다. 어머니는 잠시 눈을 감고 앉았다가 밖으로 나간 뒤 꽤 많은 액수의 돈을 마련해 와서는 내게 제대로 된 장례식을 치러 주라고 부탁했다. 그것이 자식을 셋이나 낳고 십수 년을 같이 살았던 사람에 대한 도리라고 생각했던 것 같았다. 사실 어머니는 그전에도 여러 번에 걸쳐 일정액을 아버지가 있는 곳으로 송금하라고 내게 건네주었었다. 그때마다 나는 어머니의 떳떳지 못한 위선에 눈살을 찌푸렸고 아버지의 대책 없음을 비루하다고 생각했다.

나는 부산으로 가는 기차를 타고 앉아 아버지의 죽음을 슬퍼하지 않는 스스로에게 놀라고 있었다. 아버지가 한국으로 다시 온 후, 아버지가 어디에 어떻게 있든 이제 맏딸이 되어 버린 내게는 짐이었다. 늘 머릿속으로는 떠날 생각을 하면서도 쉽게 모른 척하고 떠나 버릴 수 없겠다고 느끼는 저변에는 아버지가 어딘가에 무력하게 존재하고 있다는 사실이 깔려 있었다. 그것은 효심이나 도덕적 책임과는 무관한 일종의 부담감이었다. 그런데 그런 아버지가 이 세상에 존재하지 않게 된 것이다. 나는 그날 기차를 타고 가면서 슬픔보다는 미묘한 해방감을 느끼는 스스로에게 진저리를 치며 자책했다. 나는 아주 어린 시절 아버지가 내게 해 준 아름답고 좋은 일들을 기억해 내려고 애를 썼다.

　이제 와 돌이켜 보면 아버지는 탐미주의자에 이상주의자였다. 조건이 따라 주지 않는다면 삶이 패착이 될 수밖에 없는 성향을 두 가지나 가졌던 셈이다. 피난지 부산에서 청년 실업가로 이름을 날릴 때부터 무차별적으로 사들인 SP판과 골동품들은 내가 유년 시절 듣고 본 세계가 되었다. 여섯 살에 듣고 귀에 남은 그리그의 〈솔베이지의 노래〉는 일생 나를 따라다니는 도돌이표가 되었고 집 안 여러 곳에 아무렇게나 놓이고 걸렸던 서양의 오래된 시계나 그림들은 내가 살아야 할 공간에 대한 미감을 일찍부터 결정짓게 만들었다.

　모든 좋은 일이 그렇듯이 취향 역시 시작만 해 놓고 지속

되지 못할 것이 되고 말면 그것에 대한 향수와 그리움이 삶의 결여로 남아 있게 마련이다. 아버지는 무책임하게도 어머니와 자식들에게 시작만 해 놓고 더 이상 가질 수 없는 것들을 '멀리서 들리는 노랫소리'처럼 남겨 놓고 어느 날 사라져 버렸던 것이다. 어머니와 아버지 사이에 어떤 밀약이나 소통이 있었는지 나는 모른다. 더 어렸을 때는 뭐가 뭔지 몰라서, 조금 더 자라면서는 적개심과 분노로 두 사람 사이의 일에 전혀 개입하고 싶지 않아서, 묻고 싶었던 적도, 물어본 적도 없었다.

대여섯 살 즈음, 아버지는 아침이면 내 손을 잡고 등대가 있는 부둣가로 산책을 나갔다. 선창가를 걷다가 부둣가의 커다란 창고 건물 옆 이층집의 삐걱거리는 계단을 올라가면 구수하면서도 쌉싸름한 향기가 나는 찻집이 나타났다. 모든 구호물자와 외국의 원조품들이 쏟아져 들어오던 6·25 직후, 부산항 부두에 정박한 외항선 선원들이 커피를 마시러 오는 찻집이 바로 그 집이었다. 낯선 서양 얼굴과 낯선 서양 말들 사이에서 난생처음 맡았던 그 커피의 향은 일생 동안 내가 마신 어떤 커피향도 줄 수 없는 절대 향으로 남게 되었다. 아버지가 내게 베푼 좋은 기억의 단편들은 모두가 이렇게 감각으로밖에는 남아 있지 않는 것이었다. 그나마 그가 내 감각에 남겨 준 이 짧고 아련한 기억들이 내가 아버지를 용서하고 쓰디쓰게나마 지난날을 되살릴 수 있는 가느다란 줄이 되어 주었다.

철이 든 뒤로는 제대로 똑바로 아버지 얼굴을 바라보려고 하지 않아 아버지의 모습은 내 기억에 분명히 남아 있지 않다. 열 살이 되기 전에 떠나갔다가 스무 살이 넘어 다시 본 아버지의 얼굴은 그리움을 떠올리게 하는 모습이 아니었다. 떠나간 모든 것을 그리워하지 않기로 했던 무의식적 습관 때문이었는지 나는 덤덤하게 아버지를 보았고 묻는 말에만 대답했다. 아버지는 나의 이런 태도를 무력하게 일그러진 표정으로 지켜보았고 나는 언뜻 지나가는 눈길로 그 무력감으로 일그러진 표정을 사진을 찍듯 기억의 카메라에 찍었던 것 같다.

범어사에서 부산의 병원 안치실로 옮겨진 아버지의 시신을 확인하러 들어가서 본 아버지의 얼굴은 그 무력감으로 일그러진 얼굴이 아니었다. 의외로 편안한 모습이었다. 약물 과다로 푸르게 변했던 언니의 얼굴과는 아주 다른 평온한 얼굴이었다. 아직 입관도 하지 못한 채 흰 천에 덮여 있는 아버지의 시신을 앞에 하고 나는 잠시 심한 어지럼증을 느꼈다. 무슨 일이 어떻게 일어났는지 갑자기 아버지가 벌떡 일어나 내 이름을 부르는 환영과 환청을 한꺼번에 경험하면서 나는 나도 모르게 손을 내저으며 "안 돼요"라고 큰 소리로 외쳤다. 아무와도 연락이 닿지 않다가 어찌어찌 소식을 듣고 뛰어온 얼굴도 낯선 삼촌 한 분과 옆에 서 있던 병원 관계자는 나를 부축하며 괜찮으냐고 위로했다. 그 "안 돼요"라는 외침을 아버지에 대한 극도의 슬픔의 표현으로 생각하는 사람들 옆에서 나는 죽을 만큼 죄스럽고 부끄러워 울음보를 터뜨렸다. 아버지는 그대로 누워 있었다. 나는 속으로 뇌었다. '아버지, 일어나지 마세요. 그냥 누워 있어요. 아버지가 다시 일어나는 걸 반길 수가 없어요.' 나는 어머니가 준 돈으로 아버지의 장례를 치르는 내내 사람 같지 않은 내 자신에게 치를 떨며 스스로를 용서하지 못했다.

어머니의 장례식에서 십수 년 전의 아버지의 죽음을 새삼 떠올리며 나는 늘 내가 어머니에게는 필요 이상으로 박했다는 생각이 들었다. 항상 어머니에게는 온전한 대접을 해 주지 않고 가혹한 잣대만을 갖다 대었다. 사실 어머니는 누구보다 '오늘'을 산 사람이었다. 어머니의 즉흥적이고 즉물적인 사고와 행동에 나는 늘 제동을 걸고 책을 잡는 역할만을 했었다. 그러나 어머니의 그런 삶의 방식은 어떻게 보면 미래를 보장받을 수 없는 사람이 하루하루를 살기 위한 방편이 아니었나 싶다. 앞뒤에 놓인 근심과 불안을 잠재우기 위해 그냥 눈앞의 것만 보려는 어머니의 무심한 유아적 태도가 지금에 와서는 어느 정도 이해가 되었다. 식민지 시대에 청소년기를 보내고 결혼 후 얼마 되지 않아 6·25 동란을 겪으면서 어머니 스스로 아무리 개인적인 삶에만 매몰돼 살았다고 해도 사회적 변동이라는 역사의 고리를 비껴갈 수는 없었을 것이었다.

같은 식민지 시대에 동경 유학을 했던 아버지의 사회 인식은 6·25 동란이라는 동족 간의 전쟁에서는 이념 쪽으로 기울어져 나타났고 아버지 스스로 역사의 고리에 낀 존재가 됐던 것이다. 그러나 어머니는 딱하게도 아무런 예비지식도, 준비도 없이 그 고리에 엮여 있는 사람의 배우자로 그 사람이 만든 결과물을 속수무책으로 껴안을 수밖에 없었던 것이다. 어머니는 별생각 없이 자식들과 함께 살아 내야 한다는 몰염치한 생활력을 앞세워 자식들을 자신에게서 떠나게 만드는 삶의 방식을 선택했던 것이다. 어쩌면 나는 그런 두 사람의 유전 인자를 그대로 물려받았는지도 모르겠다. 아버지의 소생을 두려워하던 나의 이기심을 혐오하며 내 나라를 어서 뜨고 싶다고 핑계를 대던 나는 결국 아버지처럼 집과 나라를 떠났다. 그러고는 그 성급한 결정이 내게 베푼 후유증을 안은 채 나는 어머니처럼 자식보다 내 인생을 택했던 것이다.

한참 만에 돌아와 또 한 번의 장례식을 치른 내 나라는 아직도 내게 가깝게 다가오지 않는 곳이었다. 어릴 때부터 같이 살지 못했던 동생만이 이제 내게 남은 육친이자 나와 내 나라를 이어 주는 끈이었다. 나는 어머니의 삼우제를 지내고 얼마 후 런던으로 향했다. 공항까지 따라 나온 동생을 껴안으며 언제 다시 이 땅에 발을 디딜지 아득한 생각이 들었다. 어머니마저 떠나 버린 이곳은 또다시 머나먼 곳이 되는 것이었다. 불 꺼진 비행기 안에서 지친 몸과 마음을 뒤채며 잠을 청해 보려 했다. 내게 돌아오지 않겠다는 아이가 낸 생채기를 안고 돌아온 내 나라에서 내가 낸 생채기를 안고 세상을 떠난 어머니를 묻었다. 그리고 나는 다시 내 나라를 떠나 어디로 가고 있는 것일까? 나는 담담하게 스스로에게 물었다. 도대체 왜 나는 늘 내가 살아야 할 거처를 내 나라에 한정시키지 않게 됐을까? 무엇이 나를 세상 이곳저곳을 떠돌게 했을까?

파리의 박(Bac) 거리 뒷골목 좁고 누추한 카페에서 만났던 점성술사는 내가 전생에 파리 근처 큰 브로캉트의 여주인이었다고 했다. 그러면서 그녀는 그 연고로 내가 끌어들였던 물건들의 연고지를 찾아 끝없이 이렇게 헤매고 있는 것이라고 했다. 어쩌면 그럴지도 모른다. 내가 이렇게 동양과 서양, 옛것과 새것 사이에서 정신을 못 차리고 헤매는 데는 어떤 모순도 아무렇지 않게 껴안는 어머니의 원칙 없는 수용력을 직간접으로 물려받은 점도 없지 않을 것이다. 어머니는 보통 사람들이 어려워하는 정신적 물리적 부조화를 전혀 신경 쓰지 않았다. 높은 구두에 타이트스커트를 입고도 손에 든 물건이 무거우면 머리에 이었고 다른 사람들의 비행은 못 참아하면서 자신은 더한 비행도 아무렇지도 않게 저질렀다. 항상 눈앞의 필요가 최우선이었다.

어릴 적부터 절에 다니는 게 몸에 밴 어머니는 큰딸이 죽고 남은 딸 둘이 가톨릭 신자가 되자 서슴없이 천주교 신자가 되어 영세를 받았다. 그리고 나서도 어머니는 걱정거리가 생기면 신부님을 찾기보다 절에 가 불공을 드리고 수령이 오래된 큰 나무를 볼 때마다 나무 앞에 서서 두 손을 모으고 머리를 조아리며 빌고 또 빌었다. 원칙이 적용되지 않는 어머니의 삶은 그 삶을 마감하는 장례식에서도 예외가 아니었다. 돌아가시기 직전 어머니는 동생이 모셔 온 신부님께 임종 성사를 받았고 영안실에 안치된 사흘 내내 신자들의 연도와 함께 장례미사까지 마쳤다. 그런데도 화장을 거치고 수습된 재는 어머니가 한 번도 가 본 적이 없는 청송 근처 천년 고찰의 큰 소나무 아래에 스님의 독경과 함께 묻혔다.

나는 늘 어머니의 그런 질정 없고 모순된 태도에 화를 내며 못 견뎌했었지만 어머니의 뼛가루가 담긴 항아리를 어머니 원대로 소나무 아래 묻으며 그 모순이, 그 아이러니가 그렇게 어이없는 일이 아니며 신자들의 연도와 스님의 독경이 크게 다르지 않다는 생각이 들었다. 어머니는 아마도 계절에 따라 생명을 입었다 벗었다 하며 몇백 년을 살아 내는 큰 나무들이 인간보다 더 많은 걸 보고 더 많은 걸 느끼며 그 자리에 서 있다고 생각했을지 모른다. 나는 어머니의 그 진폭이 큰 삶의 반경을 품이 넓은 어머니의 수용력으로 받아들이기로 했다.

몸과 마음이 지쳐 돌아온 런던에서 채 이틀도 지나지 않았을 때 나는 또다시 나를 주저앉게 만드는 소식을 접했다. 규현 씨의 부인이 많이 아프다는 전화였다. 부인은 내게 직접 전화를 했다. 하혈이 심해 병원에 갔더니 자궁암 말기로 이미 암이 여기저기로 퍼졌다는 것이다. 늘 조금 이상하고 피곤하다고 느끼면서도 외국 생활이 주는 피로감 정도로 치부하고 하루하루 살아 내느라 건강에는 소홀했던 결과라고 했다. 갑자기 식당 문을 닫고 임대료만 물 수도 없고 계속 여기서 쉴 수도 없어 식당을 남편에게 맡기고 한국의 친정으로 간다고 했다. 대학 병원의 의사인 오빠가 귀국을 종용했다고 하면서 아이는 자신이 데리고 간다고 했다. 아무리 우리네 삶이 변화의 연속이라고 하더라도 이런 식의 변화는 너무 가당찮고 갑작스러운 것이었다. 나는 무어라고 할 말이 없었다. 나는 얼른 완쾌돼 돌아와 같이 바이칼 호수를 보러 가자고 위로가 되지 않는 빈말을 할 수밖에 없었다.

그렇게 떠났던 부인은 파리에 다시 돌아오지 못하고 8개월

후 세상을 뜨고 말았다. 그사이 규현 씨는 식당을 다른 사람에게 넘기고 한국을 두세 번 다녀왔다. 장례식을 치르고 온 규현 씨는 내게 전화를 해 그간 있었던 일을 이야기했다. 아이는 한국의 외할머니에게 맡기고 한국 대기업의 파리 지사에서 계약직 통역 겸 홍보 담당 일을 하게 됐다고 했다. 그래도 내가 하는 일의 자문은 해 줄 수 있으니 필요하면 언제고 연락을 하라는 말을 하고 전화를 끊었다.

어느 정도 그의 조력 없이도 프랑스 상인들과의 거래는 익숙하게 되었고 부인이 없는 그를 혼자 따로 만나는 것도 뭣해 일 년 가까이 소식이 없던 어느 겨울 저녁이었다. 전화 연락도 없이 그가 서리의 집 앞에 서 있었다. 회사 일로 런던에 왔다가 시간이 있어 들렀다는 것이다. 놀란 나에게 그는 그냥 한 시간 정도 집 근처의 숲길을 산책했노라고 하면서 많이 기다리지는 않았다고 묻지 않는 말까지 했다. 그러나 그는 어딘지 이상했다. 집으로 들어온 그는 안내를 받은 거실에서 외투를 벗고 의자에 앉자마자 얼굴을 양손에 파묻고 흐느끼기 시작했다. 흐느낌은 통곡이 되었다. 나이 든 남자가 큰 소리로 엉엉 우는 것을 한 번도 본 적이 없던 나는 놀랍고 당혹스러웠다.

한참 동안 그렇게 우는 그를 지켜보다가 어깨를 들썩이며 우는 그에게 다가간 나는 그의 어깨에 손을 얹고 괜찮으냐고 물었다. 그는 나를 와락 껴안았다. 그러면서 그는 죽은 부인이 너무 보고 싶다고, 그리고 너무 미안하고 너무 외롭다고 아이처럼 울음 끝을 물고 두서없는 말을 어렵게 뱉어 냈다. 나는 그의 외로움과 미안함을 알 것 같았다. 그건 누군가를 영영 잃어 본 사람이면 공감이 되는 너무 깊고도 쓰라린 별리의 고통이기 때문이다. 그는 나에게 아기처럼 안겨 오랫동안 서럽게 울었다.

그날 밤, 그와 나는 같이 잠을 잤다. 그것은 외로움이 그와 나를 부른 것일 뿐만 아니라 아직 죽을 수도 없고 벗어날 수도 없는 육체가 두 사람을 부른 것이었다. 나는 부인에게 많이 죄스럽고 미안하지는 않았다. 그것이 그를 위로하는 방법이라면 부인도 그렇게 서운해하지는 않을 것이라는 생각이 들어서였다. 이후 한두 달, 또는 두세 달에 한 번쯤 내가 파리에 가는 일이 있거나 그가 런던에 오는 일이 있을 때면 만나서 같이 밥을 먹었고 어쩌다가는 같이 잠도 잤다.

나는 이제 '규'라고 부르기 시작한 그가 너무 많이 그립거나 마구 보고 싶지는 않았지만 한동안 보지 않으면 궁금해지고 생각이 났다. 그렇게 그와 나는 서로를 갖지도 않은 채 또 서로에게 짐이 되는 요구도 없는 채 가끔 만나면서 지냈다. 두 사람 다 어떤 방식으로든 결혼의 후유증이 컸던 사람들이라 서로를 엮고 묶는 결혼에 대한 열망은 없었다. 그럼에도 규와 나 사이에는 나와 고든 사이에 있었던 보일 듯이 보이지 않는 반투명의 얇은 막 같은 것이 존재하지 않았다. 그것은 어쩌면 규와 내가 결혼을 전제로 하지도 않았고 또 서로를 더 많이 알고 더 많이 갖고자 하는 기대를 버린 사람들이라 그런 것인지도 모른다. 그러나 규와 나는 서로에게 인간으로서의 예의와 신의를 저버리는 일은 하지 않을 것이라는 뭔지 모를 믿음 같은 것이 있었다. 너무 가까워 불에 데거나 갑자기 터지지도 않고 또 너무 멀어 보이지 않거나 잊히지 않을 것이라는, 안전거리를 유지하는 일종의 동지애 같은 것이 그와 나 사이를 이어 주고 있었다.

규와 나는 일상의 삶과 완전히 동떨어진 이야기도 나눌 수가 있었다. 그와 나는 지리적으로, 사회적으로, 법적으로, 경제적으로 엮이어 있는 데가 전혀 없었다. 만날 때마다 그것이 마지막이 될 수도 있는 사람이어서 그랬는지 아주 편안하게 현실을 잊고 서로가 못다 한 꿈이었던 문학에 대한 이야기도 나누었다. 마르셀 프루스트의 작품을 전공해 박사과정까지 공부했던 그는 현실이 주지 못하는 현실감을 나와 이야기를 나누면서 느끼는 것 같았다. 나 또한 지치고 무딘 감성이 되살아나는 그와의 이야기가 싫지 않았다. 그러나 그건 그냥 거기까지였다. 그와 나는 둘 다 지금의 현실을 엎고 또다른 현실을 만들고 싶어 하지 않았다. 살아온 현실이 가르친 교훈이었다.

다행스럽게도 두 사람이 한국에 있는 것이 아니라 국외자로 남의 땅에 살고 있기에 가능한 것이었는지도 모른다. 아무리 이곳에서 사업을 하고 세금을 내고 이곳 시민으로 살아도 이곳 사람들에게 규와 나는 그들의 주목이나 지탄의 대상이 될 만큼의 관심도 받을 수 없는 국외자였다. 그러나 또바로 그 점 때문에 거추장스러운 질문과 의심의 눈초리가 면제되었다. 눈에 눈물이 고이면 가만히 바라보거나 손을 잡아주고 무언가로 흥분해 마구 말을 쏟아 내면 그냥 들으며 고개만 끄덕여 줄 수 있었다. 수많은 일을 겪고 젊은 시절을 넘긴 뒤, 아무 연고도 없는 남의 땅에서 규와는 그런 관계가 쉽게 유지되었다. 이렇게 쉬운 일이 그리도 어려워 여러 번 뒤틀리고 꼬였던 것인지 참 알 수 없는 일이었다.

어찌 보면 일찍 가 버린 '경경'과의 관계도 고든과의 열정 없는 결혼도 지나고 보니 모두 내가 했던 사랑의 형태였다. 더 되짚어 보니 신부님에 대한 나의 감동도 어머니에 대한 분노도 아버지에 대한 원망도 다 내 나름의 사랑의 형태로 그 시기에 꼭 그렇게 할 수밖에 없었던 사랑의 다른 모습이었다. 지금 내가 느끼는 내 아이에 대한 두려움과 걱정도 어쩔 수 없는 내 사랑의 표현일 것이다. 그러나 그 모든 사랑이 나에게는 따뜻하고 푸근하기보다 저리고 아프고 서러운 것이었다. 찬란한 색깔의 사랑도, 어두운 색깔의 사랑도 사랑은 사랑인 것이다. 어쩌면 지금 내가 동지애라고 우기는 규와의 너무 밝지도 너무 뜨겁지도 않은 엷은 채도의 애정도 지나고 보면 사랑일 것이다.

크리스마스와 새해로 이어지는 긴 휴가에 앞서 꼭 해결해야 할 계약 건이 있어 파리로 갔던 나는 규를 만나 같이 밥을 먹었다. 규는 나에게 곧 런던으로 돌아가지 않아도 되면한 사흘만 같이 어디로 갈 수 있겠느냐고 물었다. 절실해 보이는 그의 표정에 이끌려 그렇게 하자고 했다. 규는 자신이이전에 여행 가이드를 하면서 아껴 두었던, 아무에게도 알려주고 싶지 않았던 자신만의 휴식처로 같이 가자고 했다. 그러고는 급히 어딘가로 전화를 했다.

다음 날 아침 일찍 규의 차를 타고 프랑스 쪽 알프스의 산간벽지에 있는 시골 마을로 향했다. 휴게소를 여러 곳 거치고 몇 개의 도시를 가로지르며 오랜 시간을 달리던 평탄한길을 벗어나자 꼬불꼬불하고 좁은 산간 도로가 연이어 나타났다. 알프스 쪽이 가까워진 것이다. 그 좁고 가파른 산간 도로는 달리는 내내 탄성이 나올 만큼 아름다웠지만 몹시 위험하기도 했다. 규는 이제 노을이 지기 시작하는 눈 덮인 먼산을 끼고 달리면서 농담처럼 말했다. "꼭 죽어야 할 때가 되면 여기서 이렇게 달리다가 어느 절벽으로 떨어지면 영원히눈 속에 묻혀 동면하게 되는 거지." 심상하게 하는 말이었지만 오랫동안 이곳에서의 그런 일을 마음에 두고 있었다는 느낌이 들어 나는 마음이 착잡했다.

다시 또 한참을 달린 뒤 양쪽으로 골짜기를 끼고 파묻혀 있는 작은 마을에 도착했다. 마을이래야 열두어 채의 집이 있을 뿐, 눈에 덮여 있는 그곳은 고즈넉했다. 어두워진 마을 끝의 작은 샬레 앞에 차를 세우고 규는 그 옆의 농가로 가 열쇠를 받아 왔다. 단출하게 꾸며진 샬레 안에는 불이 지펴 져 있었고 먹을 것이 준비돼 있었다. 규는 나에게 여기서 사흘 동안 아무것도 하지 말고 눈만 바라보며 쉬자고 말했다. 나는 이런 선물을 준 규가 몹시 고마웠다. 규도 나도 많이 지쳐 있었다. 두 사람 다 아이에 대한 부담을 안고 있었다. 규의 아이는 한국에서의 학교생활에 적응이 안 돼 서울에 있는 프랑스 학교에 다니고 있다고 했다. 때가 되면 프랑스로 데리고 오겠다고 하면서 엄마 없는 아이에 대한 안쓰러움을 드러냈다. 그 이야기를 들으며 나는 아직도 나를 찾지 않는 아이에 대한 그리움과 서러움에 괜히 목이 메었다.

규와 나는 간단하게 늦은 저녁을 챙겨 먹고 잠시 불 앞에 앉아 있다 오랜 시간 운전을 하고 온 규를 위해 일찍 잠자리에 들었다. 분명 그에게 무슨 일이 있는 것 같았으나 아무 말도 하지 않고 그는 그냥 내 품에서 잠이 들었다. 잠든 그를 바라보며 나는 늘 그가 나를 성적 대상으로만 생각하기보다 안겨 잠들고 싶어 하는 따뜻한 품으로 찾아 주는 것이 고맙고 애틋했다. 규와 나는 둘 다 몹시 온기가 필요한 사람이면서도 그 온기가 너무 뜨거워져 데지 않을까 두려워하는 가엾은 사람들이라는 생각이 들었다.

아침이 되자 규는 옷을 단단히 입고 샬레에 비치된 눈 신을 신으라고 하고는 도보로 한 시간 거리에 있는 중세에 지어진 수도원에 가 보자고 했다. 딱 한 번 그 수도원을 찾아온 어떤 사람을 안내한 적이 있다면서 가 보면 내가 아주 좋아할 거라고 말했다. 눈은 오지 않았지만 내린 눈이 많이 쌓여 있었고 바람이 세게 불어 여기저기로 눈발이 흩날렸다. 오래된 수도원 잔해는 아일랜드에서도 실컷 보았지만 이곳 수도원엔 아직도 수사가 스무 명쯤 있고 수도원에 달린 작은 성당이 아주 특이하고 아름답다는 말에 그를 따라나섰다.

골짜기를 넘어서 가야 하는 그곳으로의 행로는 쉽지 않았다. 골짜기를 거의 다 올랐을 즈음 심한 바람에 쓰고 있던 모자가 날아가고 모자를 잡으려 손을 뻗다가 선글라스를 떨어트리고 말았다. 눈 위에 떨어진 선글라스는 무게 때문인지 떨어진 자국도 형체도 보이지 않았다. 엉겁결에 나는 저쪽으로 날아가 떨어지면서 반쯤 묻힌 붉은색 모자의 끄트머리를 보고 그곳으로 발을 옮겼다. 아마도 규는 선글라스가 떨어지는 지점을 눈여겨보았던지 얼른 그쪽으로 뛰어갔다. 잠시 뒤 모자를 집어 올리고 뒤를 돌아보니 규가 보이지 않았다. 얼마 전까지 가까이에 있었던 사람이 흔적도 없이 사라지고 눈 덮인 하얀 골짜기만 남아 있었다. 나는 더럭 겁이 났다. 갑자기 머릿속이 하얘지면서 턱이 딱딱 마주치게 떨려 왔다. 마치 전 광석화처럼 D.H. 로렌스의 소설 속 제럴드와 구드룬의 눈 속에서의 비극적인 죽음이 뇌리를 스쳐 갔다.

나도 모르게 이렇게 그를 잃어서는 안 된다는 부르짖음이 속에서 터져 나왔다. 그는 내가 생각했던 것보다 훨씬 더 내게 소중한 사람이 되어 있었다. 얼마 후 눈을 밟는 소리가 들리면서 저 아래쪽에 그의 모습이 보이기 시작했다. 나는 안도의 한숨을 내쉬었다. 이제 더는 나로 인해 나쁜 일이 있어서는 안 되었다. 규는 눈 속에 묻힌 안경을 집으러 몸을 숙이면서 균형을 잃고 골짜기 아래쪽으로 미끄러졌던 모양이었다. 그래도 끝내 안경을 찾아 들고 돌아온 규를 보자 나는 부끄럼 없이 그의 앞에서 눈물을 흘렸다.

수도원의 성당은 규의 말대로 정말 아름다운 곳이었다. 좁고 기다란 스테인드글라스 사이로 들어오는 정제된 빛이 어두운 성당을 안온한 어머니의 자궁 속처럼 느끼게 해 주었다. 수사들이 무릎을 꿇고 기도하는 장궤석은 그 꿇은 자리가 움푹 패어 있었다. 나는 그 팬 자국을 쓰다듬으며 그들의 간절한 기도가 쌓이고 또 쌓이다 못해 끝내 패어져 나간 시간의 무게를 가늠하고는 숙연해졌다. 성당 밖으로 나와 눈 쌓인 종탑 위 십자가 끝에 앉은 작은 새를 올려다보며 하늘과 좀 더 가까이 하고 싶어 수도원을 이 높은 골짜기 위에 지은 것이지 싶었다. 가만히 귀 기울이면 구름이 지나가는 소리도 들릴 것같이 한없이 조용한 그곳은 영혼과 공간, 영혼과 시간의 신비로운 합일을 체험케 해 주며 하얀 눈 세상 속에서 하늘과 닿아 있었다. 처음으로 느껴 보는 정화된 기분이었다.

샬레에 돌아와 준비돼 있는 간단한 저녁을 먹으며 규와 나는 둘 다 말이 없었다. 서로 무슨 말을 하고 싶어 하는지 잘 알고 있으면서도 두 사람 다 그 말을 꺼내지 않고 있었다. 모든 관계는 똑같은 상태로 영원히 계속될 수는 없는 것이다. 규와 나는 잘 알고 있었다. 어떤 식으로든 두 사람의 관계가 변곡점에 와 있다는 건 자명했다. 대답은 이미 나와 있는 물음이었다. 무언지 모를 채워지지 않는 느낌이 두 사람을 괴롭히고 있었다. 채워지지 않는 그 느낌을 없애기 위해 합친다고 해도 언젠가는 어떤 식으로든 헤어지게 마련이라는 걸 두 사람은 너무나 잘 알고 있었다. 그렇다고 지금 서둘러 헤어지자는 결정을 내릴 수도 없었다. 아직 두 사람은 서로를 벗어나기가 어려웠다. 규와 나는 서로 바라보며 서로의 마음을 뚫고 들어가 그 속을 들여다보면서도 입 밖으로 그 속에 든 것을 꺼내지 않았다. 마치 막 넘칠 것 같은 물이 흘러넘치지 못하고 표면장력의 작용 아래 갇혀 있듯 아슬아슬한 균형을 유지한 채 두 사람은 이틀 뒤 파리로 돌아왔다.

그렇게 서너 달이 지나고 부활절 휴가가 시작된 봄날이었다. 규는 한국을 다녀왔다면서 전복장과 굴비 장아찌를 가지고 어느 저녁 서리의 내 집을 찾았다. 그는 많이 초췌해져 있었고 피곤해했다. 아이가 가출을 했다는 소식을 듣고 한국을 다녀왔다면서 가져온 포도주를 땄다. 나는 전복장과 굴비 장아찌를 보고는 얼른 밥을 지었다. 준비된 찌개를 식탁에 올리고 막 저녁을 먹으려는 순간 현관의 초인종이 울렸다. 올 사람이 없었던 터라 이상하다는 생각을 하며 문을 열었다. 그러나 현관 앞에는 아무도 없었다. 문밖으로 나가 휘둘러보니 좁은 마당의 나무 뒤에 사람의 형체가 서 있는 것이 보였다. 누구냐고 외치자 나무 뒤의 형체가 마지못해 앞으로 나왔다.

놀랍게도 그 형체는 내 아이였다. 그 아이가 나를 찾아왔던 것이다. 순간 나는 식탁 앞에 앉아 있는 규가 떠올랐다. 십여 년 만에 나타난 아이에게 그 아이가 모르는 남자와 단란하게 저녁을 먹는 모습을 보여 주게 된 것이다. 나는 아이에게 들어가자고 말했다. 아이는 쭈뼛쭈뼛 나를 따라 들어왔다. 규는 무슨 일이 있는지 모른 채 포도주 잔을 기울이고 있었다. 나는 한국말을 모를 아이에게 영어로 말했다. "He is my old friend(저 사람은 오래된 친구야)." 그러나 그 말이 아이에게는 어떻게 들릴지 잘 알고 있었다. 내가 열다섯 살에 엄마와 엄마의 남자가 한 이불 밑에 누워 있는 모습을 본 것보다는 덜 충격적이라 하더라도 이런 장면은 아이의 일생에 자국을 남길 수밖에 없는 것이다. 그 아이의 기억의 회랑에는 식탁에 앉아 있는 낯선 한국 남자의 모습과 한국 음식과 그 냄새가 함께 밴 식탁 옆에 어쩔 줄 몰라 하며 서 있는 내 모습이 비뚤어진 액자처럼 걸려 있을 것이다.

규는 얼굴색이 변한 나와 아이를 잠시 번갈아 보더니 상황을 알아차리고 아이에게 가볍게 목례를 하고 일어나 겉옷을 입었다. 그러고는 아무 말 없이 작은 여행 가방을 끌고 집을 나갔다. 나는 그를 잡을 수가 없었다. 조용히 닫히는 문소리를 들으며 오늘의 이 일이 간단치 않은 후유증을 불러올지도 모른다는 생각을 했다. 나는 아이에게 한국에서 가져온 물건들을 전해 주러 온 옛날 친구라는 부연 설명을 하며 아이가 낯설어할 식탁 위의 한국 음식들을 주섬주섬 치웠다. 아이는 십 년이 넘게 맡아 보지 않았던 아주 다른 음식 냄새에 놀랐던지 아무것도 먹지 않겠다고 하면서 주스 한 잔만 겨우 비웠다.

나는 아이가 오면 묵게 하려고 몇 년 전 정성껏 꾸몄던 그 방으로 아이를 데리고 갔다. 벽에 걸려 있는 자신의 어릴 적 사진을 보고 아이는 놀라는 것 같았다. 처음으로 아이는 나를 곁눈질하며 말을 했다. 부활절 방학을 맞아 친구들과 여행을 왔노라고. 아버지가 런던에 가면 찾아가 보라고 주소를 주었다고. 며칠을 망설이다 오늘에야 왔다고. 그러고는 눈물을 글썽였다. 나는 아이를 바라보며 무슨 말을 어떻게 시작해야 할지 몰라 잠시 가만히 있었다. 아이는 마지막으로 보내 온 사진보다 성숙해 보였다. 나는 아이의 얼굴을 만져 보고 싶었다. 껴안고 싶기도 했다. 그러나 무언가를 참고 있는 아이의 표정과 태도가 함부로 그렇게 하는 것을 막고 있었다. 전체적으로 아이의 얼굴에는 서양 사람의 예리한 선이 약화돼 있어 얼핏 내 아버지의 모습이 비치는 듯했다.

나는 침대 끄트머리에 불편하게 걸터앉아 있는 아이에게 다가가 아이의 어깨를 옆으로 껴안고 머리 위에 입을 맞췄다. 많이 보고 싶었다고, 오늘 여기서 자고 갈 수 있느냐고 물었다. 아이는 친구들과 유스턴 역 근처의 유스 호스텔에 묵고 있다며 친구들과 역에서 만나기로 해 오늘은 그냥 가겠다고 했다. 같이 대륙 횡단 자전거 여행을 하기로 해 내일 아침 일찍 떠나야 한다는 것이었다. 나는 그래도 용기를 내 여기까지 찾아와 준 아이가 고마워 말없이 아이만 바라보았다. 규와 마찬가지로 아이 역시 내가 억지로 잡을 수가 없었다. 오늘은 대체 어떤 날이기에 내가 가장 붙잡고 싶은 두 사람이 한꺼번에 나를 찾아온 것인지. 그러나 나는 그 두 사람을 다 내게로 끌어당겨 붙잡을 수가 없었다. 우연한 시간이 내게 준 이 극적인 선물은 온전히 내 것이 되지 못했다.

나는 아이를 근처 역까지 바래다주겠다고 했다. 그러고는 뭐 필요한 게 없느냐고 물었다. 아이는 고개를 가로저었다. 뭐든지 다, 주고 싶은 게 너무도 많은데 갑자기 뭘 주어야 할지 생각이 나지 않았다. 고든과 의논도 없이 아직 미성년자인 아이에게 큰돈을 줄 수도, 수표책을 내밀 수도 없었다. 아이를 위해 준비해 뒀던 옷들과 늘 침대 위에 개켜 놓았던 잠옷은 이미 작아져 있었고 책상 위의 필통과 문방구들도 이미 아이에겐 유치하게 느껴질 물건이 되어 있었다. 할 수 없이 나는 아이에게 지갑에 남아 있던 몇십 파운드를 건네며 친구들과 간식을 사 먹으라는 말을 머뭇거리며 할 수밖에 없었다. 전화번호를 알면서도 전화로 말을 하기가 어려워 그냥 집으로 찾아온 아이에게 나는 언제든 내가 해 줄 수 있는 게 있으면 전화를 해 달라고 애원하듯 말하고 아이를 역 근처에 내려 주고 돌아왔다.

늘 혼자 돌아와 문을 열던 낮은 철문을 밀고 어둡고 좁은 자갈길을 걸어 집 쪽으로 가면서 이상하게 오늘은 내 집으로 들어가는 길이 멀게 느껴졌다. 얼마 전까지 그 안에 있었던 규와 아이의 모습이 헛것을 본 것이었는지 아니면 그들이 사라지고 없는 지금이 헛것인지 현실감이 느껴지지 않고 선뜻 집 안으로 들어가지지가 않았다. 도대체 나에게 집이란 무엇인가? 내게 가장 가까운 사람이 담기지 않는 이 집은 집인가? 집이 아닌가? 내 나라를 떠나 이렇게 헤매며 만든 이 집이 나에게, 또 나와 가까운 사람에게 편안함과 그리움의 장소가 되길 바라며 나는 그 안에 내가 아끼는 것들과 그들이 좋아할 것들을 조금씩 조금씩 채우며 살았다. 그러나 채워진 것은 내 갈망의 무게에 짓눌린, 그래서 윤기를 잃고 만 물건들뿐이고 정작 집 안을 그득 채워야 할 그들의 숨결은 없는 비어 있는 공간이었다.

나는 스스로가 정해지지 않은 길을 찾아가길 좋아하는 사람이라고 착각하며 살지 않았나 싶었다. 지금에 와서 보니 나는 늘 가던 길을 가고 있었다. 새로운 길, 새로운 도시를 찾는 시도는 늘 과감하고 자유로웠다고 생각했으나 그 길로, 그 도시로 들어서면 늘 나는 그곳을 익숙한 방식으로 익숙하게 만들어 버렸다. 차와 사람이 붐비지 않는 어느 한적한 길, 그 길의 모퉁이쯤에 자리 잡은 작은 집, 그 집은 어디에 있어도 똑같은 느낌이 나는, 동서양의 구별도 국적의 구별도 필요 없는 정체불명의 집, 그러나 어디선가 본 적이 있는 그런 집, 그리고 아무도 오지 않는 집, 아무도 머무르지 않는 집, 그럼에도 누군가가 찾아올 것이라고 믿으며 그 빈 집, 빈 방을 그대로 비워 두고 있는 집. 내 나라 내 땅에서도 갖지 못했던 돌아가고 싶은 집을 먼 길을 돌아 이곳에 이렇게 갖게 되었지만 그 집이 돌아가고 싶은 집이 되는 조건은 여전히 채워지지 않고 있었다. 나는 내가 어릴 적부터 떠돌았던 수많은 집들을 떠올려 보았다.

피난 시절, 친척들과 할 수 없이 같이 지내야 했던 부산 부평동의 길고 커다란 이 층짜리 적산 가옥. 큰 방에 수없이 칸막이를 하고 여러 가족이 악다구니를 하며 살던 집. 어느 날, 그 집 건너편에 있던 또 다른 적산 가옥에 불이 나, 자다 말고 손에 손에 이불이나 가재도구를 들고 집 밖으로 뛰쳐나갔던 기억이 살아난다. 삽시간에 뜨거운 불길에 싸인 그 집 앞에서 시뻘건 색으로 길길이 춤을 추고 있는 불길을 바라보며 이가 딱딱 마주치게 떨고 서 있던 어린 내 모습이 겹쳐진다. 나는 난생처음으로 미친 듯이 타오르는 시뻘건 불길을 바라보며 무언지 모를 외경에 가까운 느낌을 받는다. 나중에 더 자라 학교에서 조로아스터교, 즉 배화교라는 게 있다는 걸 배우고 나서야 어릴 적의 그 불길이 다시 떠오르며 불길을 경배하는 종교가 생길 수 있겠다는 느낌을 갖는다.

다시 눈앞에는 나에게 어린 시절의 좋은 기억을 선물해 준 동대신동의 마당 넓은 집이 나타난다. 그 집에는 아버지, 어머니, 언니, 동생이 같이 있고 전쟁의 악다구니는 사라진 채 따뜻한 아랫목과 밥과 국에서 김이 오르고 있는 밥상, 책꽂이에 가지런히 꽂힌 책들과 안락의자에 편히 앉아 신문을 읽는 아버지의 모습도 보인다. 거실의 사방탁자 위에는 엄청나게 큰 상아와 금동불상이 놓이고 버들고리 장식 의자와 마주 보고 있는 커다란 테이블 위에는 무언지 분명치 않은 여러 장식품들이 반들거리며 빛을 내고 있다.

그렇게 몇 년이 지나고 아버지가 사라진 뒤 서울 효자동 전차 종점 근처 백송동의 한옥은 사람과 가재도구가 모두 함께 추락하며 누추해지는 공간으로 등장한다. 술이 거나해지면 아버지가 자랑스럽게 손으로 가리키며 "우리 딸들이 결혼할 때면 크고 멋진 브로치를 하나씩 만들어 주지"라고 했던 엄청나게 컸던 상아도 좋은 서화들도 금동불상도 그 많고 많던 책과 레코드판들도 모두 사라지고 없는 공간이다. 그 작은 한옥에는 책이 꽂힌 책장도, 이층장도, 문갑도 보이지 않는다. 대신 쪽이 떨어져 나간 포마이카 밥상과 늘 석유 냄새가 나는 천장이 낮은 부엌이 있다. 부엌에는 맛이 변해 가는 시큼한 반찬 냄새가 밴 싸구려 찬장과 함께 가장 없는 살림살이의 몰락과 남루함이 가라앉아 있다.

이후 나는 돌아갈 집이 없는 사람이었다. 겨울이면 춥고 여름이면 덥게 보낸 돈암동 외삼촌 집의 이 층 다다미방은 한 번도 집의 온기를 느껴 본 적이 없는 떠나고 싶은 집이었다. 난방이 제대로 되지 않던 기숙사에서 보낸 대학 4년 역시 춥고 또 추웠다. 겨울 방학이 오기 전 11월, 12월의 기숙사는 밤새도록 발가락 끝이 녹지 않는 그런 추위를 느끼게 했다. 두껍고 불편한 솜이불을 좁은 침대 위에 올려놓는 것이 싫어 얇고 가벼운 이불을 고집했던 내 탓도 있었지만 몸보다는 마음이 더 추워 늘 서성이며 떠날 시간만을 재고 있었던 그곳. 한 방에서 같이 지내야 하는 사람들을 피해 더운 물이 나오는 저녁 시간을 기다려 달려가던 공동 샤워장. 하얗게 김이 서려 아무것도 보이지 않고 아무것도 들리지 않던 그곳으로 들어설 때의 그 안온하고 따뜻한 안개에 갇힌 것 같던 기분. 그때의 그 느낌과 기분이 준 위로와 함께 그나마 그곳은 내게 감성을 키우고 자연이 무엇인지 가르쳐 준 유일한 거처였다.

한 번도 도시를 떠나 살아 본 적이 없던 내게 산에 둘러싸인 근교의 기숙사 방은 멀리서나마 산과 들을 바라볼 수 있는 기회를 주었다. 주말이면 모두 어딘가로 떠나고 없는 기숙사의 빈방은 내게는 참 고마운 공간이었다. 이제 막 해가 뜨는 안개 긴 새벽녘, 검은색에서 회색, 회색에서 보랏빛으로 천천히 변해 가는 길게 둘러쳐진 산의 능선, 해가 지는 저녁 때면 선홍빛으로 물들던 앞산 위의 노을은 꿈처럼 거짓말처럼 내게 다가왔다. 아무도 없는 일요일의 빈방에서 이른 봄에도 내리던 눈 위로 발자국을 내며 내려앉는 새 떼들을 볼 수 있던 곳, 사람이 떠나고 없는 그곳은 펼쳐 놓은 자연 그대로였다.

그러고는 미국 미시간의 학생용 공동주택, 일찍 가 버린 그와의 불편하면서도 안타깝게 그리운 순간들이, 삐걱거리는 마루와 좁은 개수대, 그리고 얇은 벽을 통해 아직도 들리고 보이는, 집 같지 않은, 그러면서도 잊히지 않는 집. 아일랜드의 '경경'이라 이름 붙인 집, 처음으로 내가 내 집답게 가꾸고 꾸민 집이지만 아이와 고통이 함께 있는 집이라 떠올리지 않으려고 애써 뭉개고 지우는 아픔의 집. 늘 어둡고 습한, 잿빛으로 우중충한 집 안으로 들어가 방문을 열면 하나씩 모아 진열해 둔 색색의 작은 상자들이 반겨 주던 반은 절망이고 반은 희망이던 에든버러의 셋집, 문명의 온갖 말기 증상들이 터진 생선의 내장처럼 흘러내리던 이스트엔드 스테파니 그린에 있던 낡고 볼품없는 집을 지나 이제 나는 서리의 이 작고 아담한 집에 이른 것이다.

나는 텅 빈 집으로 가까스로 들어와 거실에 선 채로 빈 식탁을 바라보며 내게 집은 무엇인가? 다시 물었다. 나를 가두기도 하고 떠나게도 하는 집이란 과연 무엇인가? 나는 그 집을 갖기 위해 뼈가 부서지게 유럽의 이곳저곳을 헤매고 다녔다. 처음 아비뇽의 고가구상을 만나 상거래를 시작할 즈음, 아비뇽 구시가지 안쪽에 있던, 방이 몇 개 안 되는 작은 가족 호텔에 묵은 적이 있었다. 안내를 받아 집의 뒤쪽 모퉁이에 있는 작은 방으로 들어가니 그 방의 프랑스식 창 앞으로 크지도 작지도 않은, 3면이 벽으로 둘러싸인 아담한 정원이 나타났다. 그 3면의 벽 위로는 담쟁이와 붉은 꽃이 크고 탐스럽게 매달린 넝쿨들이 뻗어 있어 마치 나만을 위한 비밀의 정원을 열어 보여 주는 것 같아 감탄을 했던 적이 있었다. 이후로 나는 늘 그 방과 그 작은 정원을 마음에 두고 그런 집을 가지리라 염원했었다. 운 좋게 서리에서 그 비슷한 중정을 가진 지금의 집을 만나 나는 내가 쓰는 방에 길고 넓은 프랑스식 창을 새로 내고 아침에 눈을 뜨면 맨발로 그 풀밭으로 걸어 나가 새로 핀 장미 몇 송이와 작은 꽃들과 눈인사를 하며 하루를 시작하는 것으로 위로를 얻었다.

이제 아이가 왔다가 떠나간 그 집은 그 집의 존재만으로 내게 위로가 되지 않았다. 그 집은 이전의 그 집이 아니었다. 이제 그 집은 내게 빈집같이 느껴졌다. 사람이 담기지 않은 그 집은 황량하기 이를 데 없었다. 나는 이 방, 저 방, 부엌, 거실을 뭔가에 쐰 사람처럼 왔다 갔다 했다. 아무것도 달라진 게 없는데도 집은 마치 한군데가 떨어져 나가 횅하게 찬 바람이 도는 듯했다. 그것이 집 때문인지 아니면 내 마음에 뚫린 구멍 때문인지 나는 그날 밤새 잠들지 못하고 정신 나간 사람처럼 집 안을 맴돌았다.

새벽녘 깜박 잠이 들었다 눈을 뜬 나는 이제 막 싹을 틔우기 시작하는 작은 정원의 꽃과 나무들을 맨발로 뛰어나가 어루만지는 대신 침대에 누워 멀거니 바라보았다. 몸이 많이 무거웠고 마음은 더 많이 무거웠다. 나는 어려운 일을 하고 있었던 것이다. 아주 어렵고 힘든 사랑을 한꺼번에 두 대상을 향해 들리지 않는 소리로 외쳐 대고 있었던 것이다. 나는 열매가 맺히지 않는 사랑을 힘겹게 이어 가고 있었던 것이다. 가장 쉽고도 자연스러워야 할 내 아이에 대한 사랑이 이렇게 어려운 과제가 되어 나와 아이를 함께 고통에 빠트리고 있었다. 어떻게 내 아이에 대한 사랑이 시험과 시련이 되어 버렸는지 내가 꾸려 온 내 삶이 가엾고 처량했다. 인습에 끌려 살지 않으려고 집과 나라를 떠나고, 떠나온 곳에서 다시 연인과 남편까지 뿌리친 내가 인습의 경계에서 두 가지 사랑을 놓고 눈물짓고 있었다. 다른 이들에겐 쉽고도 편한 사랑이 왜 유독 나에게는 힘들고 어려운 것인지 내가 삶에서 뽑은 못난 패가 한스러웠다. 나는 한참을 일어나지 못하고 막막한 기분으로 누워 있었다.

나는 스스로에게 늘 하던 대로 주문을 걸었다. 지금 일어나 그냥 하던 일을 계속하며 살아 나갈 것인가? 아니면 다시 일어나지 않는 쪽을 택할 것인가?

얼마나 시간이 지났는지 어두워진 하늘을 보며 나는 천천히 몸을 일으켰다. 그리고 옷을 갈아입었다. 나갈 채비를 하고 집을 나서며 나는 다시 속엣말을 했다. '잘하는 것인지 아닌지 나도 잘 모르겠네. 그래, 전에도 그랬던 것처럼 아이도 규도 그리고 그들에 대한 내 사랑도 시간에 맡겨 두자. 내가 먼저 건드려 피지도 않은 채 떨어지는 꽃이 되게 해서는 안 되겠지. 바람이든, 햇빛이든, 빗물이든 스스로 받고, 제가 나온 가지에서 제 마음대로 자라게 그냥 두는 거지.'

나는 해가 지는 거리를 천천히 걸으며 통증이 있는 것 같은 가슴에 손을 갖다 대고 나직이 중얼거렸다. '그래, 뭐든 시간의 호주머니에 잘 넣어 두면 묵은 포도주처럼 익어 있겠지.'

제2장

펜티멘토

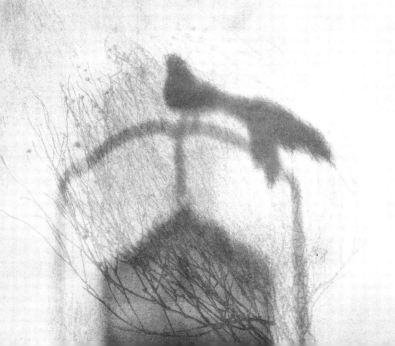

서울

그녀가 처음 화방 문을 열고 들어선 건 이 년 전 겨울이다. 얼굴은 그리 늙어 보이지 않았는데 머리가 모두 잿빛으로 변해 있어 나이를 가늠하기가 어려웠다. 머리 색과 비슷한 빛깔의 외투를 입고 자줏빛 머플러를 두른 그녀의 모습은 어딘지 기이하면서도 인상적이었다. 그녀는 화방을 조심스럽게 한 번 휘둘러보고는 가방에서 돌돌 말린 그림 몇 장을 꺼내 놓았다. 색연필로 그린 것과 크레파스로 그린 것이 섞여 있는 그림은 모두 어린아이가 그린 것이었다. 서너 살에서 초등학교 저학년 아이들이 그린 것 같은 그림 여섯 장을 내밀며 액자에 넣어 줄 것을 부탁했다. 어떤 재질의 것을 원하느냐며 그가 꺼내 놓은 몇 개의 시제품을 보더니 그녀는 아무 가공이 없는 두껍지 않은 천연 나무 액자를 고르고 열흘 후 찾으러 오겠다며 화방을 나갔다.

그가 혼자서 꾸리고 있는 화방은 사람들이 자주 찾아올 만한 곳은 못 되었다. 누상동 좁은 골목길 끝, 한참 낡은 한옥에 '함' 화방이라는 눈에 띄지 않는 작은 간판이 붙어 있을 뿐이다. 어쩌다 골목에 들어서다 마주치지 않고서는 화방이 있을 만한 자리가 못 돼 찾는 사람이 별로 없었다. 먹는 일을 해결하고자 어릴 적부터 아버지 어깨너머로 보고 배운 이 일을 마지못해 하고 있는 그 역시 화방 일에 전력투구하는 사람이 못 되었다. 외아들이었던 그는 재학 중 군대를 마치고 대학을 졸업한 후 아버지의 원에 따라 독일로 유학을 떠났다. 하나뿐인 아들이 화방 일보다는 좀 더 나은 전문직을 갖길 원했던 그의 부모님은 꽤 손재주가 있어 보이는 아들이 화방을 그대로 이어받는 안이한 선택을 할까 봐 겁을 내 서둘러 그를 화방에서 몰아냈던 것이다.

그러나 유학 생활 내내 그는 학위를 위한 공부를 하기보다는 이곳저곳 유럽 도시들을 주말마다 떠돌며 무언가 자신이 하고 싶은 일을 찾느라 헤매고 있었다. 집을 떠난 지 이 년 후 지병이 있던 어머니가 먼저 돌아가셨고 5년째에 접어들면서 아버지도 병을 얻어 생업이었던 화방 문을 닫게 되었다.

아버지는 살고 있던 누상동의 집에 화방에서 쓰던 집기와 연장들만 옮겨 놓은 채 두 번의 대수술을 견디지 못하고 끝내 돌아가시고 말았다. 모든 게 남의 일 같기만 했던 그는 유학을 접고 아무것도 손에 쥐지 못한 채 어지러운 머리로 한국으로 돌아왔고 먹고살기 위한 일을 찾아야 했다.

얼마 되지 않던 재산은 두 분의 병원비와 5년 동안 자신의 유랑 비용으로 이미 거의 소진이 된 터였다. 남아 있는 것이라곤 누상동 집과 집의 사랑채에 팽개쳐져 있던 화방에서 쓰던 기물들뿐이었다. 아버지가 돌아가시고 일 년 동안 그는 아슬아슬한 은행 잔고를 축내며 계속 무엇을 하고 살 것인지 생각하느라 시간을 보냈다. 역사를 전공한 그가 할 수 있는 일은 별로 없었다. 변변한 학위도 자격증도 없이 유학 생활을 마감한 그의 이력은 전혀 생계에 득이 되는 게 없었다. 그렇다고 딱히 하고 싶은 일이 따로 있는 것 같지도 않았다. 길을 찾느라 20대 후반과 30대를 반 가까이 보내고서도 뚜렷한 길이 보이지 않고 막연하게 글을 써 보겠다는 생각만 가끔씩 하고 있었다.

그러나 그것도 생각만 있을 뿐 실행에 잘 옮기지 못했다. 어찌어찌 쓰게 된 글을 문예지의 문학상 공모에 냈다가 고배를 마신 뒤 그는 자신이 글을 쓰는 데 재능이 있는 사람이 아닐지도 모른다는 결론을 내리고 글을 쓰는 대신 번역을 하기로 마음을 먹었다. 우여곡절 끝에 얻은 번역 일도 쉽지 않은 건 마찬가지였다. 문학 작품의 번역은 힘들기도 하고 잘 해낼 자신도 없던 그는 독일어로 된 기계나 부품 설명 등 다른 문서들의 번역을 해 보았다. 그러나 그것 역시 전문성이 필요하면서도 그에 따른 대가는 너무도 미미했다.

그는 하는 수 없이 어느 날 사랑채에 먼지를 뒤집어쓰고 팽개쳐져 있던 작업대와 연장들을 다시 꺼내 정리하고 기름칠을 했다. 그런 뒤 '함' 화방이라는 문패보다 조금 더 큰 간판을 대문 옆에 걸었다. 손님이 많지 않은 화방 일을 하면서 저녁이면 틈틈이 번역을 했다. 그나마 그런 작업이라도 하는 것이 아버지가 그를 위해 쓴 교육비를 조금이나마 되갚는 것이라는 생각이 들었기 때문이다. 무엇보다도 자신의 쓸모없음을 눈가림하고픈 허영심에 그 일이 도움이 되었다. 군소 출판사가 싼 비용으로 그에게 번역을 부탁한 책은 한국에 잘 알려지지 않은 20세기 초의 오스트리아 작가 작품이었다. 책의 내용은 그가 번역해 내기에 벅찼다. 사변적인 작가의 말을 제대로 옮길 수 있는 말을 찾지 못할 때마다 그는 '차라리 내가 글을 쓰는 게 낫겠다'는 답답하고 억눌린 감정에 시달렸다.

그렇게 번역에 넌더리를 내고 있을 때에 그 여자가 화방으로 그림을 들고 찾아왔고 그녀는 꽤 지속적으로 그에게 이런저런 일을 맡겼다. 처음 어린아이의 그림을 찾아가고 나서 이삼 주가 지난 뒤 이번에는 이상한 그림 하나를 들고 나타났다. 액자를 뜯어내고 보관한 듯한 그림은 유화였으나 위에 그린 그림이 여기저기 벗겨져 나가고 그 밑에 처음 구도를 잡고 그렸던 밑그림이 드러나 있는 희한한 형태의 유화였다. 그런 그림을 처음 본 그는 그녀에게 이대로 액자에 넣어도 되겠냐고 물었다. 밑에 있는 그림은 누군가의 초상화 같은데 위에 덧그린 그림은 정물화였다. 밑에 있는 얼굴 모양의 밑그림과 위의 벗겨져 나간 채색 정물화는 기묘한 형태를 엇갈리게 보여 주고 있었다. 그녀는 위의 그림을 벗겨 내고 밑그림이 온전히 드러나게 해 줄 수 있느냐고 물었다. 그는 기묘한 그림과 동종의 기묘함을 지닌 여자의 모습을 다시 한 번 쳐다본 뒤 자신도 모르게 제대로 해낼 자신은 없지만 원하면 한번 해 보겠다는 말을 했다.

돌이켜 보면 그때 그녀는 그를 시험한 것이었고 그 역시 그녀의 그림과 그 요구의 기이함에 휩말려 당치도 않게 그 일을 하겠다고 한 것이었다. 그는 전문가가 아니면서 그런 척할 수가 없어 그날부터 열심히 물감과 그 재질에 대한 공부를 했고 그런 현상이 '펜티멘토'라는 이름으로 불리며 종종 오래된 그림에서 일어나기도 한다는 걸 알게 되었다. 이를테면 그것은 일종의 시간의 마술인 셈이었다. 그러나 그는 왜 그녀가 위의 정물화를 걷어 내고 싶어 하는가보다는 그녀가 왜 그런 그림을 갖고 있는지가 더 궁금했다.

화가가 처음 그린 구도와 형태를 후회하며 그 위에 덧그린 새 그림이 시간이 지나면서 서서히 벗겨져 나가고 밑에 희미하게 남아 있던 밑그림이 안고 있는 옛 시간과 공간의 그림자가 드러나는 그 '펜티멘토'라는 것에 그 역시 비상한 관심이 갔다. 그는 그녀에게 그림에 손상이 가더라도 책임을 묻지 않겠다는 다짐을 받고서 서서히 그리고 찬찬히 조금씩 위의 그림을 벗겨 나갔다. 이상하게도 그는 그 일이 싫지 않았고 심지어 재미있기까지 했다. 섬세하고 지속적인 주의를 요하는 벗겨 내기 작업은 마치 고대 유물을 발굴해 깨어져 나간 조각들을 퍼즐 맞추기 하듯 하나씩 찾아가는 유물 발굴 작업과도 유사했다. 그는 전문 서적을 찾아 읽기도 하고 과학기술원의 연구원인 대학 때 친구를 만나 물감과 약품에 대한 자문도 받았다. 그는 자신이 이 일에 열심인 것이 스스로도 믿기지 않았다. 더디게 진행된 그 작업은 기술이되 마술이기도 했다.

그녀는 어느 날 화방에 들러 그가 하고 있는 작업을 주의 깊게 지켜보더니 불쑥 이 '함' 화방이 아주 오래전 광화문과 정동 사이에 있던 '함' 화방과 관련이 있느냐고 물었다. 그는 깜짝 놀라 그녀를 돌아보며 예전에 아버지가 하던 화방이 그곳이었다는 말은 들었지만 너무 오래전 일이라 자신의 기억에는 없다고 답했다. 광화문 근처에 큰 빌딩들이 들어서고 도시 개발이 진행되면서 아버지는 화방을 집과 가까운 백송동으로 옮겼다가 병환으로 문을 닫았다는 말과 함께 화방 이름의 '함'은 부친과 자신의 성(姓)이라고 덧붙였다.

그녀는 정동에 있는 여고를 다닐 무렵 같은 이름의 화방을 자주 찾아가 일본의 미술 잡지에 실리던 서양 대가들의 복제화를 액자에 넣었다고 말했다. 윗동네에서 몇 년을 살았는데 처음으로 우연히 이 골목에 들어서다 같은 이름의 화방을 보고 반가운 마음에 들어와 보았다는 것이다. 그때서야 그는 그 화방을 했던 아버지는 지금은 돌아가시고 안 계신다고 말했다. 부친이 남겨 준 이 작은 한옥이 영업장으로는 마땅한 곳이 아니지만 밥벌이가 필요해 본업 아닌 부업처럼 아버지가 하던 일을 하고 있다고 덧붙였다. 그러자 그녀는 그가 어딘지 그때의 아버지를 닮은 데가 있는 것 같다고도 하면서 처음으로 자신을 드러내는 이야기를 길게 했다.

"전혀 그럴 것 같지 않은 사람에게서 맑은 영혼의 느낌을 받는 건 놀라운 일이에요. 예전 아버님의 화방에서 그런 걸 느꼈어요. 그림과 액자들이 어지럽게 널린 작업대 한쪽에 하얀 백자 대접이 하나 놓여 있었어요. 화방에 갈 때마다 그 흰 커다란 대접에는 늘 연분홍이나 붉은 꽃잎들이 물에 떠 있었어요. 화방 옆의 꽃집에서 함부로 버린, 목이 떨어져 나간 꽃의 꽃잎을 따 그렇게 해 놓았다고 하더군요. 나는 목이 잘린 꽃에 대한 아버님의 애틋한 예의가 놀라웠어요. 그건 꼭 아버님이 만든 예술 작품 같았어요. 아버님은 속에 예술가를 가두어 놓고 있었는지도 모르지요. 끝내 그 예술가를 풀어 주지 못하고 가셨나 보군요. 아버님은 참 맑은 분이셨어요."

그는 자신이 모르는 아버지를 말하고 있는 그녀를 놀란 눈으로 바라보았다.

"처음 듣는 이야기인가 보죠? 그래요. 우리네 인생은 큰길이 나 있는 신작로로도 지나가고 아주 소소한 우회로로도 통하지요. 그 소소하고 좁은 우회로에는 크지도 않고 대단치도 않은 작은 비밀들이 꽃잎처럼 여기저기 흩어져 있답니다. 놀라운 일은 그 꽃잎들이 드러나 보일 때도 있고 그렇지 않을 때도 많다는 거예요. 그 꽃잎 중 하나를 내가 주워 전해 주었나 보군요. 그런 게 우리 삶이 주는 우연의 선물이고 인연이라고도 하는 거겠지요."

그녀는 집에 돌아와 옷을 갈아입으면서 조금 전 화방에서 봤던 젊은이의 얼굴을 떠올려 보았다. 말로는 그 아버지의 모습이 있다고 했지만 사실 그 젊은이는 자신의 아버지보다는 다른 누군가를 더 닮아 있었다. 누군지 명확하게 생각나지 않지만 분명히 그녀가 아는 누군가를 닮아 있었다. 무언지 떠오를 것 같으면서 떠오르지 않는, 그래도 잊히지는 않는 누군가의 모습이었다. 분명히 오래된 누군가의 얼굴이 겹쳐져 있는 것 같았다.

그녀는 속으로 젊은이의 나이를 가늠해 보았다. 그러고는 엇비슷한 나이의 누군가를 또 떠올렸다. '나는 왜 그렇게 쉽게 아이를 두고 집을 나왔을까? 그리고 나는 정말 아이를 위한다는 생각만으로 아이를 만나지 않고 지금까지 살았을까?' 아이를 잃어서는 안 된다는 생각이 있는 사람이면 그렇게 쉽게 아이를 두고 집을 나올 수는 없다. 어쩌면 그녀는 핑계가 필요했는지도 모른다. 어딘가로 또 떠나갈, 다른 곳으로 가고 싶은, 이상하게 현실감이 없는 평온한 삶을 끝내고 싶은, 그리고 그 장소가 갖는 잊히지 않을 얼굴을 뒤로하고 싶었던 것이다.

사람만이 얼굴을 갖는 것은 아니다. 모든 장소나 공간 역시 나름의 얼굴을 가진다. 그 공간이 품고 있는 잊어버릴 수 없는 얼굴은 오랫동안 다른 종류의 얼굴로 기억 속에 저장된다. 시간이 지난 후 다시 찾은 그곳의 모습이, 그 얼굴이 바뀌어도 보통은 처음 본 그 얼굴로 그곳을 기억하게 되는 것이다.

그녀는 몇 년 전 아이에게서 받았던 편지를 떠올렸다. 그녀에게 아이는 언제나 그녀가 더블린의 '경경'을 떠날 때의 모습으로 다가온다. 그렇게 어린 모습으로 떠오른 아이의 편지는 너무도 그 어린 얼굴과 닮지 않은 어른의 글이다. 아이는 길게 쓰지 않았다. 서너 번 받아 본 아이의 편지는 늘 한 페이지를 넘기지 못했다. 그 편지는 결국 그녀로 하여금 오랜 떠돌이 생활을 끝내고 한국으로 돌아오게 만들었다. 아이는 프랑스의 마콩 근처에 있는 테제 공동체를 찾아갔다고 했다. 길지 않은 편지의 메시지는 몹시 단호했다. 아이는 그곳에 머물고 싶다고 했다. 공동체의 수사가 되겠다는 뜻이었다. 이제 자신에 대한 걱정은 접고 마음 편히 지내도 된다고 했다. 아이는 그녀를 또다시 엄청난 시험에 들게 한 것이다. 특히 편지의 마지막 구절에 있던 한마디는 그녀의 입을 다물게 하는 것이었다.

"하느님은 도처에 있다고들 합니다. 그러나 나는 하느님이 다른 어느 곳에 있는지 확신할 수 없지만 틀림없이 이곳 테제에는 머물러 있다고 믿습니다."

아이는 부모라는 이름으로 얽혀 있는 세 사람에 대한 원망과 그리움을 삭이기 위해 그 그리움의 대상을 세 사람 모두가 힘을 합쳐도 대항할 수 없는 하느님으로 정한 것 같았다. 그녀는 수습할 수 없이 복잡한 마음이 되었다. 그녀는 혼잣말을 했다. '손을 잡을 수 있을 때에도 그 손을 놓고 집을 나왔던 내가 지금 와서 어떻게 다시 그 손을 잡을 수 있을까?' 이미 아이는 그녀가 손을 뻗어도 잡을 수 없는 곳으로 넘어 들어가 있었다. 자신이 아이에게 덮어씌운 업이 아이 혼자만의 수덕으로 풀릴 수 있는 것인지 알 수 없었다. 다만 그 일이 아이에게 너무 힘든 길이 아니기를 빌며 한국으로 돌아올 수밖에 없었던 것이다.

이제 그녀는 그와 화방을 좀 더 편하게 느끼는 것 같았다. 넉 달이 넘게 걸린 벗겨 내기 작업은 힘들었지만 그에게는 뭔지 모를 새로운 일에 대한 영감을 불러일으키는 것이었다. 실제로 그 그림이 얼마나 가치 있는 것인지 또 얼마나 오래된 것인지 전문적으로 평가할 식견은 그에게 없었다. 그러나 그 작업 자체가 갖는 '감추기'와 '드러내기' 사이의 묘한 경계가 호기심을 자극하면서 오랫동안 묻어 두고 꺼내 보려 하지 않았던 글쓰기에 대한 그의 미련을 되살려 주었기 때문이다. 그는 손과 눈으로 정밀한 그 작업을 하면서 머릿속으로는 끊임없이 이 그림과 관련된 수수께끼와 함께 그녀가 앞서 찾아간 어린아이 그림 여섯 점을 같이 떠올리며 그녀의 삶을 이리저리 그려 보고 있었다.

그녀는 벗겨 낸 그림을 찾아가고 난 뒤 한참 만에 보자기에 싼 지함을 하나 들고 다시 나타났다. 바느질고리 같기도 한 함의 붉은색 겉 종이들은 나달나달 닳아 가며 겨우 붙어 있었고 몇 군데는 떨어져 나가고 없었다. 그녀는 미안하다는 말을 먼저 한 뒤 떨어져 나가는 것들을 잘 좀 붙여 달라고 했다. 그는 함을 이리저리 살펴본 뒤 이런 일은 화방보다는 한지를 전문으로 다루는 표구점이 더 나을 것 같다며 인사동 근처의 표구점을 추천했다. 그러나 그녀는 원형을 되살려 내라는 게 아니니 더 이상 떨어지지만 않게 붙여 달라고 하면서 지함을 놓고 갔다. 그렇게 이어지기 시작한 그녀의 그림과 상자의 수선 및 복원 작업은 간헐적으로 지속되었다. 그는 그렇게 예상치 못한 시간에 이상한 물건을 들고 가끔씩 나타나는 그녀를 자신도 모르는 사이에 마치 소설의 주인공을 만들듯 이리저리 짜 맞추며 그녀의 삶을 재구성하고 있었다. 이를테면 그녀는 그의 '쓰어지지 않은 소설'의 주인공이 되었던 것이다. 그는 그녀가 어쩌다 나타날 때마다 그녀가 눈치채지 않게 그녀를 유심히 관찰했다. 그러다 어느 순간부터는 그녀를 마음속으로 묘사하기 시작했고 그녀가 몇 마디 하지 않는 이야기와 그녀의 모습을 조합해 나름의 상상을 부풀렸고 그녀가 다녀가고 난 후에는 늘 메모를 써서 날짜별로 덧붙여 놓았다. 그러면서 그는 자신도 모르는 사이에 실제로 있는 그대로의 그녀를 본다기보다는 자신이 보고자 하는 대로 그녀를 보고 있다는 생각이 불현듯 들면서 혹시 그녀 역시 그를 관찰하고 자신의 생각대로 그를 보고 있는 것은 아닐까 하고 생각했다. 그녀는 그가 상상할 수 있는 삶 너머에 있는 사람이었다. 나이도 성별도 입지도 아주 다른 쪽에 있었다. 그런 그녀를 놓고 어떤 글을 어떻게 써야 하는 건지 도무지 감이 잡히지 않았다. 그 막막한 느낌은 몇 해 전 그가 처음 썼다가 빛을 보지 못한 채 던져 버린 단편을 쓸 때의 느낌을 되살려 내었다. 안타깝게도 그 첫 시도는 실패해 활자화되지는 못했지만 예심에는 들어 심사 위원의 세 줄짜리 심사평을 받은 바가 있었다. 그때는 그 점이 더 큰 좌절과 열패감을 불러와 글 쓰는 것 자체를 포기하게 만들었던 것이다.

사실 그렇게 비장할 것도 없었던 것이 자신이야말로 별 볼일 없는 사소한 인물로, 그저 사소한 열정을 가진, 사소한 사건으로 점철된 사소한 삶을 사는 사람일 뿐이었다. 그는 그렇게 유별난 사람도 아니고 무엇엔가 미친 듯이 몰두하는 그런 사람도 못 되었다. 그냥 모든 것이 그에게는 잘 보이지 않았다. 보이지 않은 게 아니라 제대로 볼 수가 없었다. 늘 반쯤 가려져 있거나 너무 멀리 있거나 잘 볼 수 없는 자리에 그가 서 있었다. 그는 이즈막에 늘 머릿속을 맴도는 앙드레 말로의 말을 다시 뇌어 보았다.

오로지 내 개인에게만 중요한 것이 무슨 중요성이 있겠는가?

대단히 설득력을 가진 그 말이 그에게는 늘 몹시 답답하게 다가왔다. 딱하게도 그는 자신에게만 중요한 일조차도 갖고 있지 못했다. 그는 말로가 행복한 사람이라는 생각이 들었다. 아무리 생각해도 그에게는 그렇게 중요한 게 없었다. 자신에게 무엇이 중요한 것인지 내놓고 말할 수 있는 게 없었던 것이다.

그는 예전의 그 원고를 다시 찾아내 읽어 보기로 했다. 그러나 얼마 못 가 원고를 다시 내려놓았다. 읽어 나가기가 너무 힘들었다. 자신이 쓴 글 속의 아버지와 어머니는 어느 누구의 아버지와 어머니가 되기에도 모자라는, 생명력이 없는 사람으로 그려져 있었다. 옆에 있는 누군가를 실제의 모습 그대로 그려서는 안 된다는 도덕감에서 그랬다기보다 인물을 형상화하는 훈련이 제대로 돼 있지 않았기 때문이었다. 그는 사실 자신의 아버지와 어머니가 어떤 사람인지 잘 알지 못하고 있었다. 아버지 어머니뿐만 아니라 사람이 무엇인지를 잘 모르고 있었다는 편이 맞을 것이다. 그는 그날 밤 오랫동안 잠들지 못했다. 그가 기억하고 싶지 않은 기억이 자신도 모르게 표면으로 떠올랐기 때문이다. 그는 생전의 어머니 아버지를 떠올려 보았다.

그의 기억이 어머니에 이르면 그는 늘 가슴이 답답해졌다. 어머니는 아버지보다 나이가 여섯 살이 많았다. 다른 집의 부모와 좀 다른 게 있다는 걸 처음 느낀 건 초등학교 3학년

때로, 학교에 내는 환경 조사서에서 아버지와 어머니의 생년월일을 확인하고 나서였다. 두 사람이 어떻게 만나 결혼에 이르렀는지 그는 잘 몰랐다. 그러나 아버지와의 결혼이 어머니에게는 두 번째 결혼이었다는 것만 어디선가 들어 알고 있었다. 아버지보다 나은 환경에서 자라 모든 면에서 여유로웠다는 어머니는 유독 아버지를 바라보는 눈길에서는 늘 여유가 없는 안타까움이 가득했다. 돌이켜 보면 어머니는 잡히지 않는 뭔가를 잡고 싶은 열망을 안고 처음에는 헌신, 그다음은 애걸, 또 그다음에는 방치, 그러다가 병이 진전되면서는 아버지에 대한 끈을 완전히 놓은 것 같았다. 어머니는 늘 어린 그보다는 아버지가 우선이었다. 아버지를 위해 성치 않은 몸으로 집과 화방 모두를 제대로 건사하기 위해 애를 썼다.

부모님은 하나뿐인 자식인 그에게 무조건적 사랑을 퍼붓지는 않았다. 어린 시절을 거치고 점차 나이가 들어 가면서 두 분이 자식을 사랑하는 방법에 미묘한 차이와 거리가 존재한다는 걸 알게 되었다. 어머니는 늘 그를 어른 대하듯 했다. 늘 잘해 주려고 애를 쓰면서도 어딘지 편치 않은 무언가가 한편에 남아 있었다. 무슨 일에서건 그와 관련된 것이면 즉각적인 반응보다는 한두 번 더 생각을 하고 말했다. 아버지는 가까이 다가오려 하면서도 그렇게 하지 못했다. 마음은 있으면서도 몸은 늘 멀찌감치 떨어져 있었다. 어머니는 늘 가까이 와 있었다. 그러나 그 가까움에는 더 이상의 밀착을 막는 얇은 막이 드리워져 있었다. 두 사람의 그런 거리의 차이에 대해 석연치 않은 의문이 해소되지 않은 채 대학생이 된 그에게 어머니는 그의 눈치를 살피며 늘 화방에 나가 있는 아버지를 찾아가 이제 가끔 술도 같이 마시고 식사도 같이 하는 시간을 가지라고 종용했다.

언젠지 영화를 보고 일찍 집에 들어온 날 부재중 전화에 같은 번호가 네 번이나 찍혀 있었다. 아버지였다. 전화를 하는 법이 통 없다가 한번 시작하면 집요하게 몇 번이고 접촉을 시도하는 게 아버지의 방식이었다. 마치 숨넘어가는 사람이 구조를 요청하듯 다급하게 불러 달려가면 정작 본인은 심드렁하기 일쑤였다. 그냥 멀건 표정으로 보고 싶어 불렀다면서 같이 술을 한잔하자고 했다. 이런 일이 몇 번 반복되자 그는 될 수 있으면 아는 체를 하지 않다가 몇 번에 한 번쯤 마지못해 응하곤 했다.

항상 시작은 그랬다. 별말 없이 온전한 정신으로 인사를 주고받고 억지로 주변의 불필요한 이야기를 하는 동안 아버지는 정신이 맑았다. 그러다가 술을 한 잔 또 한 잔 들이켜면서 뭔가 하고 싶은 말을 할 즈음이면 아버지는 거의 취한 상태로 이야기는 나아갈 길을 잃고 말았다. 그는 아버지가 무언가 하고 싶은 이야기가 있으면서도 그 이야기를 하지 않기 위해 의식적으로 더 술을 마시는 게 아닐까 하는 생각을 하게 되었다.

아버지는 그에게 바람 같은 존재였다. 불어닥쳐 가까이 있으면 항상 그를 그 바람에 흔들리게 해 안절부절못하게 만들었고 지나가고 나면 전혀 존재감이 느껴지지 않아 있는지 없는지도 모를 사람이었다. 언제 불어와 언제 사라지는지 종잡을 수가 없었다. 늘 별말이 없었고 특별히 그를 데리고 어디로 가거나 같이 놀아 준 기억도 거의 없었다. 그는 어릴 적 그런 아버지가 어렵고 싫었다. 어느 날인가 아버지는 그를 꽤 먼 놀이터에 데려가 놀게 하고는 한참 유심히 지켜보다가 어디론가 가 버렸다. 낯선 놀이터에 버려진 그는 해 질 녘에 돌아온 아버지를 보며 울지 않으려고 입술을 깨문 기억이 있다. 그에 대한 아버지의 이런 불확실한 태도는 그 또한 헤매게 만들었다.

사실 아버지와 이런 술자리를 갖는 데 빌미를 준 쪽은 아버지가 아니라 그 자신이었다. 대학생이 되고 얼마 되지 않았을 무렵, 큰길에서 돌아앉은 골목에 있는 통닭집에 우연히 들어간 적이 있었다. 아버지의 화방에서 두어 정거장쯤 떨어진 거리였다. 배가 고파 들어간 그 통닭집 이름이 어울리지 않게 '오셀로'였다. 한창 연극판을 기웃거리고 다닐 때여서 재미있다는 생각이 들었는지도 모른다. 통닭집의 벽면은 벽지가 아니라 책을 뜯어 도배를 한 것 같았다. 카운터에는 추레하고 옹색한 모습의 중년 남자가 서 있었고 아마 혼자 주문을 받고 주방일도 하는지 다른 사람은 보이지 않았다.

가장 안쪽 테이블에 등을 돌리고 앉아 있는 남자가 유일한 손님이었다. 어쩐지 어깨를 구부린 모습이 눈에 익어 다시 보니 그의 아버지였다. 아버지는 커다란 셰익스피어의 사진이 붙어 있는 벽면 옆의 테이블에 혼자 앉아 낮술을 마시고 있었다. 주인 남자의 취미인지 아니면 전직이 연극과 관련이 있었는지 천장과 벽면 모두가 연극 대본과 스틸 사진으로 뒤덮여 있었다. 그런 장소에서 그런 시간에 느닷없이 아버지를 본다는 사실은 그를 무척 당혹스럽게 했다. 큰 키를 구부정하게 움츠리고 등을 돌리고 앉은 아버지의 모습은 그에게 반가움보다는 심한 분노와 굴욕을 느끼게 했다. 그는 얼른 아무 말 없이 되돌아 나오고 말았다. 그러나 화를 내며 나와서도 어중간한 시간에 혼자 술잔을 기울이는 아버지의 외로움이 그날따라 이상하게 사무쳤고 애틋한 연민을 불러일으켰다.

이후 그는 늘 못 들은 척하던 어머니의 부탁도 들어줄 겸, 자신이 늘 의문을 품어 오던 무슨 이야기를 들을 수 있을까 하여 가끔 술을 사 들고 아버지 화방으로 갔다. 몇 번, 회를 거듭하면서 술을 마시는 아버지를 바라보는 것이 편치 않았다. 아버지는 술을 잘 마시는 편이 아니었다. 그런데도 그와 함께 있을 때면 마음을 먹고 술을 마시는 것 같았다. 아버지는 무언지 속에 있는 말을 하고 싶어 하는 것 같으면서도 그렇게 하지 못했다. 그는 차츰 아버지에게 가는 것이 아버지에게나 자신에게 고통스러운 것이 되어 간다는 생각이 들기 시작해 어쩌다 아버지가 전화를 해 와도 이런저런 핑계를 대면서 아버지와의 술자리를 피하게 되었다.

어릴 때나 지금이나 그는 매사에 적극적인 편은 아니었다. 특별히 자신만의 옹골찬 줏대가 있는 것도 아니면서 그는 개개인의 사람됨을 변별해 주지 않는 모든 제도에 순응치 못했다. 여기에는 가정환경도 한몫을 했다. 아버지는 이상하게도 그와 어머니와는 거리를 둔 채 혼자 집 밖에서 지내는 때가 있었다. 화방에 딸린 곁방에서 숙식을 해결하는지 사나흘씩 집에 들어오지 않을 때도 많았다. 집에 들어온다 해도 몸만 들어오는 것이지 아버지의 정신은 어딘가를 헤매는 것 같았다. 어머니는 그런 아버지를 방치했다. 지병으로 누워 있는 때가 잦은 어머니로서는 어쩔 수 없는 일이기도 했다. 그렇다고 두 분이 사이가 좋지 않거나 다투는 것 같지도 않았다. 특히 아버지가 그를 대하는 태도는 납득하기 힘든 데가 있었다. 그의 기억 속에는 잠결에 눈을 뜨고 바라본 아버지의 낯선 모습이 아직도 남아 있다. 아주 어린 시절, 어쩌다 잠결에 눈이 떠져 곁에서 그를 들여다보고 있는 아버지의 눈길을 맞닥뜨렸다. 그 눈길은 사랑이 담긴 편안한 것이 아니라 어딘가 몹시 아프고 서글픈 것이었다. 아버지는 물기가 고인 눈을 감고 반짝 뜬 내 눈을 외면했다.

어머니는 과하다 싶을 정도로 관대했다. 무엇이든 억지로는 안 된다고 하면서도 그가 현실에 순응하도록 몰아갔다. 고등학교 시절, 방과 후의 보충수업에 넌더리를 내는 그를 위해 담임 선생님을 만나 보충수업을 면제받도록 해 주면서도 대학은 꼭 가야 한다고 몰아붙이는 식이었다. 이런 어머니의 양가적 태도는 온전치 않은 그의 감성에 닿아 계속 눈에 보이지 않는 생채기를 내고 있었다. 대학 입시가 모든 것에 우선하는 고교 시절, 그는 입시와 상관없는 책을 사서 읽고 몇몇 친구들과 어울려 문집을 만드는 일만이 그래도 숨통이 뚫리는 일이라 생각했다.

어찌어찌 고등학교 시절을 버텨 내고 그는 괜찮다는 대학의 문과대학에 들어갔다. 대학 생활 내내 문과대의 연극반을 기웃거리고 당치도 않은 번역으로 유럽의 거리극들을 흉내 내는 사이 군대라는 또 다른 제도가 그를 기다리고 있었다. 피할 수 없는 일이라면 부딪치는 게 낫겠다는 생각과 아울러 그가 서둘러 군 복무를 하게 된 계기는 어머니였다. 전공 공부와는 상관없이 아마추어 학생 연극에 정신이 팔려 대학로와 신촌을 헤매고 다니는 그를 보다 못한 어머니가 어느 날 아침 밥상을 물리고 식탁에 앉으라고 했다.

그에게 어머니는 때로 아버지만큼이나 곤혹스러운 존재였다. 모든 것을 수용하는 것 같으면서도 어떤 것도 수용하지 않았다. 그러면서도 어머니는 그를 어려워했다. 지병인 근육통증으로 늘 피곤해하고 집에 갇혀 지내는 때가 많은 어머니는 그가 관계하는 하찮은 공연이라도 가능하면 빼지 않고 뒷자리에 앉아 보고 갔다. 애써 그가 하는 일에 관심을 가지려 노력했다. 때로는 무대 뒤로 찾아와 뒤풀이를 하라고 얼마간의 돈을 놓고 가기도 했다. 그런 어머니가 어느 날 정색을 하고 그에게 물었다.

"언제까지 이러고 다닐 거야?"

아무런 준비 없이 마주친 질문에 그는 대답할 말을 찾지 못했다. 어머니는 마치 그가 하고 있는 일이 하찮은 놀이에 불과하다는 듯이 말하고 있었다. 그는 자신의 전 존재가 이 한마디에 부인되는 것 같은 느낌이었다.

"이제 그만큼 하고 착실히 공부하는 게 어떻겠니?"

그는 말없이 한참을 앉아 있다가 자리에서 일어나면서 자신도 미처 생각지 않았던 말을 내뱉고 있었다.

"나는 다른 사람들처럼 그렇게 살아 낼 자신이 없어요. 나는 사는 게 다 꿈같아요. 현실감이 전혀 없어요. 그래도 무대에서 사람들이 현실과 다른 공간을 설정하고 그 속에서 왔다 갔다 하는 걸 보면 그 편이 훨씬 현실에 가깝다는 생각이 드는데요. 나는 정말 내 현실이 현실 같지 않아요."

그의 갑작스런 대구에 놀란 어머니는 할 말을 잃고 얼굴이 굳은 채 앉아 있었다. 얼마간 불편한 시간이 지난 뒤 어머니는 그의 등에다 대고 조용히 말했다.

"그래, 알았다. 하고 싶은 대로 해라. 너마저 평생 몽유병자로 살게 할 수는 없지…… 네 아버지 하나로 족한 줄 알았는데……"

너무도 담담한 어머니의 말에는 어느 외침이나 아우성보다 무거운 절망이 들어 있었다.

그는 그날도 학교에서 연극 연습을 했다. 그날은 타 대학으로 편입해 간 친구가 연습실로 찾아오기로 한 날이었다. 연습이 몇 시에 끝날지 몰라 연습실로 오라고 한 터였다. 연습이 끝나고 마주 앉은 친구는 그에게 이렇게 물었다.

"나, 정말 몰라서 묻는 건데…… 아까 그 주인공이 오른쪽으로 세 발짝 움직였다가 다시 또 두 발짝 더 움직이던데, 그렇게 세 발짝, 두 발짝, 매번 생각하면서 움직여야 되는 거야? 한꺼번에 다섯 발짝은 안 되는 건가? 그리고 네 발짝만 가서도 안 되고? 꼭 그렇게 정해진 대로만 해야 해? 그 차이가 무언데? 어차피 연극이잖아?"

'어차피 연극'이라는 그 결정적인 말은 연극은 현실과 상관이 없다는 것을 전제로 하고 있었다. 그는 아침 식탁에서 어머니의 질문을 받고 느꼈던 것과 똑같은 당혹감을 느꼈다. 참 이상한 날이었다. 별생각 없이 물어본 것일 수도 있는 친구의 질문 위에 억지로 무언가를 참고 있던 어머니의 일그러진 얼굴이 겹쳐졌다. 두 사람 다 무언지 근본적인 물음을 던지고 있는데 그는 그 물음에 대답할 준비가 전혀 되어 있지 않았다. 무엇보다도 한 집에서 어머니의 감추어진 절망을 계속 견뎌 내야 할 것이 힘겹게 느껴진 그는 예상치 않았던 말을 친구에게 하고 있었다.

"나, 휴학하고 군대 간다."

군대가 그를 크게 바꾸어 놓지는 못했다. 가장 강력하고도 원시적인 남성의 힘을 시험하는 제도권인 군대는 그를 많이 망가지게 했다. 군대에서는 감수성이 최대의 적이었다. 어떤 경우에도 감성보다는 규율이 우선이었다. 모든 것이 눈에 보이는 대로 명백했다. 보이지 않는 어떤 것을 헤아리거나 보려고 하는 것은 용납되지 않았다. 바로 눈앞에서 수류탄 투척 훈련 중 핀이 잘못 빠져 누군가가 죽어 나갔다. 죽은 사람은 실려 나가고 훈련은 계속됐다. 죽음은 부주의와 불운의 동의어였고 그 이상의 것도 그 이하의 것도 아니었다. 모든 것이 간단명료했다. 무대 위에서 세 발짝을 나아가야 할지 두 발짝을 더 나아가야 할지 고민하는 것과 같은 행위는 웃음거리에 불과했다. 그는 끊임없이 현실과 유리되는 자신의 사고를 군대라는 현실에 붙들어 매고자 혼신의 힘을 다했다. 여러 번 탈영과 죽음을 생각하며 버텨 낸 군대 생활이 그나마 그에게 준 교훈은 생존은 대가를 요구한다는 것이었다. 그가 처음으로 집과 거리를 두고 밥과 잠을 해결하면서 얻은 눈감아 버리고 싶은 깨달음이었다.

군대 생활 초반, 그는 선임하사와 함께 야간 보초를 선 적이 있었다. 자정이 지난 한밤, 인적이 없는 야산은 주변의 모든 것들을 군대와 상관없는 연극 무대로 만들어 주기에 충분했다. 푸르스름한 어둠에 함몰된 하늘은 비현실적 배경처럼 뒤로 물러나 있었고, 드문드문 박혀 있는 별들은 거짓말같이 깜박였다. 저 멀리에 걸린 반 이상을 갉아 먹힌 달은 무대의 조명이 만들어 낸 달의 모양 그대로였다. 그는 총대를 메고 같은 보폭으로 초소 앞을 왔다 갔다 했다. 그러다가는 조금 빠르게 세 발짝, 느리게 세 발짝, 마치 무대 위의 주인공에게 연출된 걸음을 지시하듯 스스로가 연출가가 되기도 하고 배우가 되기도 하면서 혼자 연기를 하고 있었다. 초소 앞에 앉아 있던 선임하사가 소리를 질렀다.

"야, 정신없어. 그만 왔다 갔다 해. 너 어디 아프냐? 이리 와, 와서 담배 한 대 피워."

야간에 보초를 서면서 담배를 피우는 건 말이 안 되는 규율 위반이었다. 그러나 밤의 적막과 안온한 대기가, 아니면 그의 어디엔가 썬 듯한 행동이 선임하사의 군기를 느슨하게 한 모양이었다.

"여기 앉아 담배 한 대 피워."

선임하사는 주머니에서 담배를 꺼내 그에게 건네고 자신의 담뱃불에서 불을 붙이게 했다. 서너 모금을 빨았을 때쯤 멀리서 담뱃불 빛을 보고 달려왔는지 순찰 중인 상사가 코앞에 와서 섰다. 상사는 그의 따귀를 서너 대 친 다음, 그 자리에 엎드려뻗쳐 있게 했다. 상사는 선임하사가 가지고 있던 담뱃갑에 남은 담배 열한 개 모두를 그의 입에 물리고 불을 붙이게 했다. 그러고는 한 개비도 꺼뜨리지 말고 한꺼번에 피워보라고 눈을 부라리고 서 있었다. 엎드려뻗쳐 자세를 한 채로 담배 열한 개비를 어떤 식으로 어떻게 빨았는지, 그는 의식을 잃었다가 아침에서야 깨어났다.

몇 달 동안 그는 담배 냄새를 맡기만 해도 구역질을 해 댔다. 담배 서너 모금을 빤 대가는 혹독했고 그렇게 대가를 치르며 살아야 하는 현실이 그에게는 전혀 현실감이 느껴지지 않았다. 무엇보다도 군대 생활 내내 그에게는 늘 시간이 문제였다. 항상 너무 모자랐다. 밥 먹기에도 모자라 배불리 밥을 먹은 적이 없었고 샤워를 하기도 늘 시간이 모자라 몸에서 비눗기를 빼 본 적이 없었다. 늘 기합을 받았고 늘 몸과 마음에 상처가 나 있어 쓰라리고 아팠다. 그 쓰라림과 아픔을 털어 내기에는 복학 이후의 남은 대학 생활이 부족했다. 복학 이후 그의 삶을 지배하는 것은 그 자신이 아니라 거의가 외부적 권위였다. 끊임없이 오늘 저녁밥이 어디서 올 것인지 생각해 보라고 강요했다.

졸업과 동시에 그는 집을 나왔다. 어머니는 그것이 혹시 밥을 보장해 주는 준비가 아닐까 하는 기대로 동의했고 그는 우선 밥의 압박에서 잠시 벗어날 수 있으리라는 막연한 생각으로 그런 결정을 내렸다. 그러나 밥은 아무 데서도 오지 않았다. 오로지 매달 같은 날, 같은 액수로 어머니가 넣어 주는 온라인 송금이 그의 밥이었다. 그 밥값이 내포하는 애끓는 바람을 누구보다도 잘 아는 그는 그 밥값으로 피나게 밥을 찾으러 다니는 대신 괜히 이곳저곳을 헤매고 다녔다. 이렇게 떠돌면서 그는 자신도 알지 못하는 병을 얻었다. 한곳에 머물 수가 없었다. 어디에서도 안주가 되지 않았다. 어머니는 그의 그런 모습이 젊었을 적 아버지를 보는 것 같아 많이 힘들었던지 서둘러 독일로 떠나게 했던 것이다. 독일에서도 그는 그곳에 있었던 게 아니었다. 일주일에 두세 번 강의를 듣는 것 말고는 기차를 타고 유럽의 여기저기를 헤매고 다녔다.

　그중에서도 자주 가 며칠씩 머물렀던 곳이 파리였다. 지리
적으로 다른 곳보다 가까웠던 이유도 있었지만 그곳은 그냥
그를 끌어당기는 힘이 있었다. 웬일인지 파리에 가면 자신이
거주하는 독일의 어떤 곳보다 정신이 자유롭고 정감이 있었
기 때문이었다. 독일에서는 늘 조금 굳어 있던 정신이 파리
로 들어서면 자신도 모르게 풀어지는 것이었다. 베를린을 떠
나 기차가 파리 북 역에 닿으면 이상하게 그 지저분하고 소란
한 곳이 정겹게 다가왔다. 그리고 파리를 떠날 때마다 무
언지 중요한 걸 흘려 버리고 간다는 미진함이 항상 남아 있
었다. 그는 한때 전공을 바꾸고 파리로 옮겨 볼까 하고 심각
하게 생각해 본 적도 있었지만 넉넉지 않은 살림에 유학까지
보내 준 부모님께 자신의 방황을 들키고 싶지 않아 실행에
옮기지는 못했다.

　그것 말고도 그가 그렇게 학교에 오래 머물고 싶어 하지 않
은 이유는 여자 때문이었다. 그보다 먼저 유학을 와 있던 여
학생 하나가 그의 말 없음과 싫다는 소리를 크게 하지 않는
그의 수동적 의사표시를 자신에 대한 호의로 잘못 받아들이
고 끊임없이 그를 따라다녔기 때문이었다. 독일 도착 후 일
년이 못 돼 시작된 그림자밟기는 시간이 지나며 스토킹의 수

준에 이르고 늘 맹추격과 따돌림의 숨바꼭질이 이어졌다. 이성에 호소하거나 설득으로 되지 않는 여자의 집착은 그를 많이 지치게 만들었다. 그가 여자나 결혼에 관심을 갖지 않는 것은 어쩌면 어머니의 역할보다는 유학의 후유증이 더 컸던 건지도 모른다.

이후로도 그녀는 금이 간 작은 나무 상자나 상감의 이음새가 벌어진 상자 등을 들고 와 손을 봐 달라고 했다. 그러면서 그녀는 늘 그에게 미안해했다. 일 같지도 않은 일을 시켜 민망하다면서 후하게 수리비를 놓고 갔다. 어느 날 그녀는 빈손으로 찾아와 바쁘지 않으면 같이 자신의 집으로 갈 수 있겠느냐고 물었다. 혼자 꺼내서 들고 오기가 힘드니 같이 가서 보고 차에 실어 오거나 아니면 아예 그녀의 집에 와서 수리를 하면 어떻겠느냐고 했다. 의외였다. 자신을 드러내기 싫어하는 사람인 줄 알았던 그녀가 마치 급한 환자가 있으니 왕진을 와 달라고 의사에게 청을 하듯 간곡히 부탁을 하는 것이었다.

그는 우선 가서 보기나 하자는 생각으로 그녀를 따라 나섰다. 급하지 않은 걸음으로 20분 가까이 걸어 닿은 그녀의 집은 옥인동과 청운동 사이 인왕산 자락의 호젓한 골목에 있었다. 나지막한 절충식 한옥의 문을 열고 들어가니 뒷마당을 사이에 두고 작은 양관이 같이 있었다. 아마 앞뒤에 있는 집을 함께 사서 담장을 튼 모양이었다. 집에는 아무도 없었다. 먼저 그녀는 그를 'ㄷ' 자로 된 한옥으로 데리고 가 차를 끓여 내왔다. 그는 그녀가 차 준비를 하는 사이 집 안을 찬찬이 살펴보았다. 넓지 않은 마루를 사이에 두고 방문을 열어놓은 건넌방에는 아주 아름다운 서양의 작은 탁자와 콘솔 등이 놓여 있었다. 한옥과 묘하게 어울리는 간소한 소품들이었다. 그 소품들 위에는 각양각색의 자그마한 상자들이 올려져 있었다.

차를 마시고 나자 그녀는 그를 협소한 사랑채로 안내했다. 방문을 열자 깜짝 놀랄 만큼 많은 상자들이 넘치게 쌓여 있었다. 혼수함, 바느질함, 갓함, 모양이 다양한 지함 등, 종류와 색이 가지가지인 상자들이 엄청나게 쟁여져 있었다. 놀라는 그를 보며 그녀는 계면쩍은 듯 한국에 돌아온 뒤부터 몇 년에 걸쳐 옛 함들을 사들이고 모았노라고 말했다. 어디에서 언제 돌아왔다는 말은 없이 옛 물건들을 찾아 장안평, 인사동, 강릉, 안동, 전주, 진주, 해남까지 다니면서 이 상자들을 사들였다는 것이다. 언뜻 보기에도 손을 보아야 할 것들이 눈에 띄었다. 그는 그중 몇 개를 조심스럽게 골라내 한쪽으로 꺼내 놓았다.

그녀는 뭔가를 망설이는 듯하더니 오늘은 이것들만 가져

가 손을 봐 달라고 말했다. 역시 그녀는 아직 그의 능력과 사람됨이 못 미더운 모양이었다. 단순노동만 하고 살 것 같지 않은 그의 초연한 척하는 태도가 계속 편치가 않은 것 같았다. 아마 그녀는 그가 그녀의 삶을 들여다보려 한다는 걸 눈치챘는지도 모를 일이었다. 어쩌면 두 사람은 서로가 서로를 관찰하고 견제하면서 마치 젊은 연인들이 밀고 당기기를 하듯 서로의 삶의 내면을 엿보려고 애를 쓰고 있는지도 몰랐다.

그가 보고 느낀 그녀는 지나간 시절의 사라져 버린 모호한 아름다움에 현혹되어 있었다. 실제로 그것이 존재했던 상태대로의 모습보다 시간의 옷을 입고 삭아 가며 바스러지는 과정에 반해 있었다는 편이 맞는 말일 것이다. 일종의 중독 상태 같았다. 무언가가 사라질 때의 매혹을 지속시키고 싶어 하는 병적인 집착에 가까워 보였다. 모호하고도 추상적인 그런 집착은 마치 온전한 상태로 소유하는 것은 거부한 채 소유하고픈 욕구는 지속시키고자 하는 자신에게 고통을 강요하는 욕망처럼 보였다.

어쩐지 그 역시 한쪽으로 치우친 그녀의 그런 상태가 낯설지만은 않았다. 막 잠에서 깨어나 손에 잡힐 듯한 꿈을 기억하려 애쓰는, 생각날 듯 생각나지 않는 꿈의 마지막 장면에 연연해하는 기분이랄까? 아니면 어쩌다 잘 모르는 여자와 잠자리를 하고 난 후 무언지 모를 막막하고 가차 없는 비감을 느끼면서도 또다시 그 비감을 더듬어 찾는 것과 같다고나 할까? 그것도 아니라면 자신이 내려야 할 기차역을 알면서도 내리지 않고 서서히 지나쳐 가며 후회와 절망을 함께 느끼는 심정과 같을지도 모른다고 그는 자신의 방식대로 그녀의 상태를 예단하고 있었다. 그녀가 내놓은 수하물용 간이 캐리어에 수선할 상자를 포개어 싣고 화방까지 천천히 밀고 오는 내내 그는 그녀의 내면과 자신의 내면을 해체 비교하고 있었다.

그날 그는 이런 메모를 남겼다.

이미 존재하고 있는 것을 존재치 않게 하려 애쓰고 존재하지 않는 것을 어떤 것보다 더 절실하게 존재하는 것으로 만들고자 하는 인간의 역설적 기억과 욕망은 도대체 무엇인가?

그렇게 몇 번 그녀의 집에서 상자를 실어 와 수선을 거듭하던 어느 날이었다. 그녀가 먼저 그에게 제안을 해 왔다. 좁은 골목길에 차를 대고 매번 실어 나르기도 번잡스럽고 캐리어에 싣고 끌고 오가기도 불편한 일이니 차라리 시간이 되는 때에 자신의 집에 와서 수선을 하면 어떻겠느냐는 것이다. 수선해 온 상자를 받아 넣은 그녀는 그날 처음으로 그를 뒷마당 쪽에 있는 양관으로 안내했다. 간이 작업실을 만들 곳이 있다는 말과 함께 그녀는 마당에 그를 세워 두고 가서 열쇠를 가져왔다. 지은 지 오래돼 보이는 그 집은 규모는 크지 않았으나 일정 때의 적산 가옥과 많이 닮아 있었고 집 겉의 나무로 된 벽면과 창틀이 모두 여기저기 갈라지고 벗겨진 상태로 보아 그 집 역시 손을 보아야 할 것 같았다.

현관에서 좁은 복도를 지나자 두세 개의 층계 위로 꽤 널찍한 공간이 나타났다. 거실인 것으로 보이는 그 공간에는 크지 않은 서양 장과 작은 가구들이 촘촘히 놓여 있었다. 사용 가능하게 놓였다기보다는 보관용으로 쌓아 놓았다는 생각이 들 정도로 빽빽한 느낌이었다. 거실에 면해 있는 한 방을 열자 그곳에는 그가 본 적이 없는 여러 종류의, 서양의 작은 상자들이 선반 위에 가득 올려져 있었다. 방 안으로 들어가 한쪽 벽면에 처진 휘장을 젖히자 이전에 욕실과 화장실로 썼던 곳인지 세면대가 딸린 작은 공간이 나타났다. 공간 중앙에는 결이 좋은 나무로 만든 길고 큰 식탁이 있었고 그 위에도 상자들이 쌓여 있었다. 그녀는 그 식탁을 작업대로 쓰면 어떻겠느냐고 물었다. 작업대로 쓰기에는 아까워 보였지만 그는 고개를 끄덕이는 것으로 대답을 대신했다. 말하자면 이 양관은 창고 내지 수장고인 셈이었다. 어떤 물건이 어떤 형태로 이 집에 쌓여 있는지 감을 잡을 수 없게 이 집에는 동서양의 옛 물건들이 들어차 있었다.

일 년이 넘게 그녀를 지켜보면서 그가 알게 된 건 절대 그녀는 한 번에 많은 것을 내보여 주려고 하지 않는다는 것이었다. 아울러 그녀는 아직도 그를 신뢰할 만한 사람으로 생각하지 않고 미심쩍어하고 있었다. 한 번에 한 가지씩, 또 어느 때는 여러 번에 한 가지씩 아주 조금씩만 그녀를 드러내면서 계속 그를 시험하고 있었다.

그녀는 이즈막에 유독 외준 언니의 모습을 자주 떠올렸다. 이제 언니가 세상을 뜬다고 마지막 인사라도 하려는 것인가? 열세 살의 나이에 애보개로 왔던 외준 언니는 손맛이 좋은 사람이었다. 언니의 얼굴이 떠오르면 늘 이유 없는 허기와 함께 손을 잡고 서 있던 피난 시절 국제시장 야시장의 풍경이 스쳐 지나갔다. 희미한 불빛 아래 야시장 난전에 쪼그려 앉아 들이켜던 밀국수의 국물 맛이 갈급하게 허기를 부추기면 그녀는 자신도 모르게 근처의 재래시장으로 내달았다.

두꺼운 누비옷을 둘러 입힌 팥죽 솥을 머리에 이고 나와 난전을 폈던 아주 오래전의 젊은 얼굴이 지금은 할머니가 된 채 아직도 그곳에서 죽을 팔고 있었다. 좌판을 펴 놓고 구공탄 불에 시래기 국밥을 팔던 아주머니 대신 그 딸이 이제 좀 번듯한 자리에 의자를 몇 개 놓고 국밥과 국수를 팔고 있었다. 그녀가 떠났다 돌아온 것을 느끼지 않게 해 주는 유일한 곳이 바로 이 재래시장이었다. 왜 그런지 그녀는 시장에 갈 때는 옷을 챙겨 입지도, 머리 손질도 하지 않고 미친 듯이 그냥 뛰어나갔다. 갑자기 국밥이나 국수의 맛과 냄새가 그녀를 끌어당기면 그냥 그대로 용수철처럼 튕겨 나가게 되었다. 오랜 객지 생활로 많은 게 변하고 잊혀졌지만 그녀에게 늘 향수로 사무치던 평범한 집밥에 대한 입맛은 그대로 남아 그녀를 갈급하게 만드는 것이다. 외갈래로 땋은 머리로, 코끝에 땀이 송글송글 맺힌 채 국수를 말아 주던 외준 언니의 모습이 떠오르면 그녀는 입고 있던 옷 그대로 지갑만 주머니에 넣고 시장의 좌판으로 뛰어갔다. 그때마다 집 가까이에 있는 그곳이 참 다행스러웠다.

외준 언니는 결혼을 하고 얼마 후 어머니를 찾아와 아주 많이 울다 갔다. 그날 밤 그녀는 언니와 한방에서 한 이불을 덮고 잠을 잤다. 그렇게 다녀간 몇 년 뒤, 아이가 벌써 셋이나 된다며 겨우 걷기 시작한 아이 손을 잡고 머리에 떡을 해서 이고 백송동 집에 나타났던 게 외준 언니의 마지막 모습이었다. 언니는 트럭 기사였던 남편이 교통사고를 당해 한쪽 다리를 잃었다며 눈물지었다. 부풀어 오른 배 속의 아이가 발길질을 하는지 언니는 가만히 배를 쓰다듬기도 했다. 그랬던 외준 언니가 자주 해 줬던 멸치 국수의 국물 맛은 아직도 그녀의 혀끝에 남아 있었다.

외준 언니는 아직도 살아 있을까? 오늘도 그녀는 시장 좌판 한쪽 끝에 쪼그려 앉아 국수 국물과 함께 외준 언니에 대한 기억을 들이마시고 있었다.

그녀의 집을 다녀오고 며칠이 지난 뒤 그는 화방이 아닌 곳에서 우연히 그녀를 만나게 되었다. 집에서 가까운 재래시장에 먹을거리를 사러 갔다가 좁은 시장길 난전에 등을 돌리고 앉아 있는 그녀를 본 것이다. 처음에는 너무 낯선 모습에 그녀가 아닐지도 모른다고 생각했지만 다시 보니 틀림없는 그녀였다. 화방에 나타날 때와는 달리 후줄근한 실내복 비슷한 내리닫이 차림에 빗질을 하지 않은 머리의 그녀는 난전 좌판의 국수 가게에 쪼그리고 앉아 마치 거리에 버려진 걸인처럼 허겁지겁 양은 국수 그릇을 들어 올려 국물을 조금씩 마시고 있었다. 예상할 수 없었던 그녀의 행색보다 무력한 몸짓으로 쪼그리고 앉아 있는 그녀의 몸가짐이 늙고 지친 행려 병자처럼 보여 더욱 놀라웠다. 그런 그녀의 모습은 육체적 허기보다 정신적 허기가 더 많이 드러나 있었다.

그는 너무 심하게 놀라고 있는 스스로가 놀라워 얼른 시장을 벗어났다. 그는 자신이 그녀를 봤다는 걸 그녀가 알까봐 겁을 내고 있었다. 왜 이렇게 겁을 내는지 스스로도 알지 못한 채, 그는 자신이 모르는 곳에서 그녀가 보여 주는 낯선 모습을 실감할 수가 없었다. 며칠 전 옷을 잘 차려입고 화방에 나타났던 그녀와 시장 안의 행려병자 같은 그녀의 모습은 같은 사람일 수가 없었다. 그는 혹시 사람을 잘못 본 것이 아닐까 생각해 보았지만 그렇지 않은 것 같았다. 그는 그녀의 그런 자기 방기가 애를 쓰고 치장을 하는 안쓰러움보다 훨씬 더 절실하게 다가오는 것에 새삼 두려움을 느꼈다. 아마도 그가 그녀의 모습에 그토록 놀랐던 건 언젠가 그 자신도 나이가 들면 저렇게 스스로를 놓아 버리는 순간이 올 것인가라는 겁에 질린 생각 때문인지도 모를 일이었다.

이후로도 그는 그녀의 집을 한 달에 두어 번 드나들면서 그 집에 쌓여 있는 가구와 상자들을 손보고 정리도 도왔다. 처음 이곳으로 옮겨 놓고 제대로 살펴보지도 못했다는 서양의 오래된 가구들은 제자리에 놓이기만 하면 멋도 있고 쓰임새도 좋을 것들로 보였다. 느슨해진 장의 손잡이나 잘 닫히지 않는 서랍 등을 힘들이지 않고 고쳐 놓는 그를 지켜보면서 그녀는 간간히 자신의 이야기를 했다. 그러나 놀라운 것은 이야기를 할 때마다 무언가가 조금씩 달라지고 어긋났다. 대략의 줄거리는 같은데 세세한 것들은 이랬다저랬다 했다. 이를테면 아들이 있긴 있는데 남편에게 주고 집을 나왔다고 했다가 어느 때는 아이를 자신이 키웠다고도 했다. 그 아이가 열대여섯 살 무렵 지하철역에서 스쳐 지나간 적이 있다고 했다가 심할 때는 아이를 낳은 적이 없다고도 했다. 그는 그런 그녀가 때로 곤혹스럽기도 했지만 한편으로는 신기하기도 했다.

그는 그녀를 슬쩍 떠보기도 했다. 가끔씩 미끼를 던지듯 그녀가 한 말을 살짝 비틀어 되풀이하면 어느 때는 그렇다고 수긍을 하고 또 어느 때는 강경하게 그게 아니라고 반발을 했다. 희한하게도 모든 경계에 관용을 보이며 그 경계를 넘나들면서도 또 어떤 면에서는 엄격하게 경계를 지켰다. 말하자면 그녀는 그에게 몹시 모순된 존재였다. 정말 그녀는 '믿기 어려운 화자'였다. 늘 현실을 넘어서면서 자신의 삶을 허구화하고 있었다. 말하는 시점에 따라 같은 사건이 다른 것으로 바뀌기도 했다. 일상에서 겪는 하찮은 일과 운명적인 어떤 사건이 그녀에게는 같은 강도의 가격을 가한 것으로 생각되는 모양이었다. 아마 그런 방식이 자신에게는 편안한 듯했지만 듣는 사람 입장에서는 몹시 혼란스러운 일이었다.

그는 얼마 전 시장 좌판에서의 그녀의 모습이 다시 떠올랐다. 그는 정신과 의사도 아니고 심리상담사도 아니면서 그녀의 헝클어진 정신세계를 탐지하고 싶다는 생각 때문에 그녀가 가끔 예측하기 힘든 때에 불쑥 내뱉는 말들을 놓치지 않고 주의 깊게 들었다. 그러면서 감지하게 된 한 가지는 그녀의 의식에는 무언가가 빠져 있다는 것이었다. 무언지 모를 고리가 하나 빠져 늘 연결에 문제를 일으키는 것처럼 보였다. 또 때로는 그 의식이 과잉 상태였다. 무언가가 넘쳐 나는지

쉴 새 없이 그 무언가를 빼내 버리고 싶어 했다. 일부러 그렇게 하려고 애를 써서 그런 것이 아니라 아무렇지도 않게 지금 당장의 필요에 따라 어떤 것은 삭제하고 어떤 것은 각색을 시켰다. 이를테면 그녀는 자신의 지난날을 재구성하고 있었다. 어떤 것은 지우고 어떤 것은 자꾸 변형하고 각색시켜 기억하고자 했다. 그러면서도 그런 현실의 허구화가 갖는 모순과 혼란을 크게 개의치 않았다. 어느 순간 그녀는 속이 꽉 찬 내실 있는 사람이 되었다가 얼마 뒤 그녀는 알맹이가 없는 빈껍데기로 다가왔다. 어떻게 같은 사람이 그렇게 다른 사람으로 바뀔 수 있는 건지 그로서는 불가해한 노릇이었다. 그러나 사실 알고 보면 '위장'과 '변신'은 우리 인간의 오래된 생존 기술이기도 해서 그리 이상할 것도 없는 일인지도 몰랐다. 그날 그는 메모 철에 읽고 있던 밀란 쿤데라의 『소설의 기술』 중 한 구절을 번역해 적어 놓았다.

망각하고자 하는 의지는 인류학적인 근거가 있다. 인간은 항상 자신의 전기를 다시 쓰고, 과거를 바꾸고, 다른 이와 자신의 궤적을 지워 버리려는 욕망을 간직해 왔다. 망각하려는 의지는 기만을 하려는 단순한 유혹과는 아주 다른 것이다.

그는 그녀가 그와 자신을 속이려고 그러는 게 아닐지도 모른다고 생각하자 조금은 마음이 편해졌다.

＊

그녀는 그가 책을 읽듯 그녀를 읽고 있는 걸 알고 있었다. 그는 아주 신기하게도 자신의 삶을 산다기보다 다른 사람의 삶을 읽으려고만 했다. 그러다가 그 사람의 삶에서 이상한 게 읽히면 책을 읽으며 그렇게 하듯 밑줄을 그어 놓으려 했다. 다른 사람의 삶에 처진 밑줄 긋기가 자신의 삶에 등가로 작용하지 않는다는 사실을 그는 아직 모르는 것 같았다. 대안 현실에서 현실감을 찾으며 헤매는 그에게 지금 그의 앞에 놓인 현실로 돌아오라고 하고 싶었다. 자신의 삶을 살게 해 주고 싶었다. 제대로 살지 않으면 제대로 보이지 않는다고 말해 주고 싶었다. 물 위로 떠오르기 위해서는 마냥 허우적거릴 게 아니라 깊은 곳까지 가라앉았다가 발로 바닥을 쳐야 하는 것임을 일러 주어야 할 것 같았다.

그녀는 젊은이를 좀 흔들어 놓기로 했다. 그녀는 자신이 그의 심연이 되기로 했다. 그가 그녀에 대해 알고 싶어 미끼를 던질 때마다 그녀는 조금씩 다르게 자신의 삶의 편린을 드러내 보였다. 그녀는 그 젊은이가 자신을 읽는 데 실패하게 하고 싶었다. 다른 사람들 앞에서는 그녀가 잘 드러내지 않는 이상한 모습을 그에게 보여 주고 싶었다. 아마도 그녀가 이렇게 그에게 관심을 갖는 이유는 그가 한쪽으로 고개를 돌릴 때마다 언뜻 지나가는, 보일 듯 보이지 않는 어떤 누군가의 모습 때문인지도 모른다. 그게 무엇이 됐든 그녀는 이 젊은이에게 도움이 되고 싶었다. 어쩌면 더 깊은 속내는 자신의 아이와 비슷한 나이의 이 젊은이가 삶에 뿌리를 내리지 못하고 현실과 현실감 사이에서 헤매는 모습이 마치 자신의 젊은 시절을 다시 보는 것 같아 안타까웠던 것인지도 모를 일이다.

그의 화방 작업대 위에는 늘 일거리와 함께 책과 공책이 같이 놓여 있었다. 한쪽에 노트북 컴퓨터가 있기는 했지만 컴퓨터가 켜져 있기보다는 공책이 항상 활짝 펴져 있었다. 젊은 사람치고는 조금 이상하다는 생각이 들어 어느 날 그녀는 그에게 물었던 적이 있었다.

"무얼 그렇게 공책에 적고 있나요?"

그는 계면쩍어하며 우물쭈물 얼버무렸다.

"뭐 좀 쓰는 게 있어 이것저것 메모를 남깁니다."

그녀는 그가 공책에 메모로 남기는 게 무슨 내용인지 궁금하긴 했지만 더 캐묻지는 않았다. 아마도 무언지 자신의 글을 써 보려는 사람인가 보다는 생각으로 그냥 지나쳤던 것이다.

얼마 뒤 젊은이는 스스로 이렇게 밝혔다.

"저녁에 시간이 나면 컴퓨터로 책을 번역합니다. 꽤 오래전에 의뢰를 받은 일인데 제대로 되지가 않네요. 이상하게 번역 일은 컴퓨터로 하게 되는데 뭔가 제 생각을 적으려고 컴퓨터를 켜면 머리가 하얘지고 앞으로 나아가지지 않는 것 같습니다. 그래서 공책에 적기 시작했어요. 그편이 훨씬 수월해서요."

그녀는 그의 공책에 눈길을 한 번 주고 그가 공책에 쓰고 있는 것이 어쩌면 그녀와 상관된 게 아닐까 하는 생각을 잠시 했다. 그러고는 혼잣말을 뇌었다. '제대로 살지 않으면 제대로 보이지 않고 제대로 보이지 않으면 제대로 쓸 수가 없답니다.' 그 말은 그 젊은이에게가 아니라 스스로에게 하는 말이었는지도 모른다.

그녀는 오늘도 집 가까이에 있는 인왕산에 올랐다. 높은 데까지 가지 않고 늘 하듯이 산 중턱 너럭바위가 있는 데까지만 올라갔다. 앞뒤를 살피고 주변에 사람이 보이지 않는 걸 확인하면 그녀는 재빨리 화살기도를 바쳤다. 왜 그런지 그곳에 서면 꼭 그렇게 해야 될 것 같은 생각이 들었다. 하늘을 향해 화살을 쏘듯 그렇게 기도의 말을 쏟아붓는 것이었다. 입 밖으로 소리를 내지 않으면서 입말은 그대로 하는 그녀의 이런 절실한 기도는 누가 보면 이질감을 느낄 수 있는 모습이었다. 팬터마임을 하듯 입술만 격렬히 움직이는 그녀의 기도는 늘 아이와 연결이 되어 있었다. 그녀는 늘 엄청난 외침을 소리도 내지 않고 몸짓 손짓으로 쏟아 냈다. 그 기도는 열려 있는 하늘을 가로질러 아이에게도 닿고 하느님에게도 훨씬 더 잘 닿을 것 같았기 때문이다. 집에 혼자 앉아 조용히 읊조리는 기도로는 성에 차지 않던 것들이 산에서 이렇게 소리 없는 외침으로 쏟아 내고 나면 무언지 속이 뚫리는 것 같았다.

오늘도 그녀는 소리를 내지 않고 이렇게 외쳤다.

"하느님을 믿는다는 건 어둠 속에서 빛을 찾는 것이라지요. 어디에 빛이 있을까요? 어느 쪽을 보면 그 빛이 보이나요? 아이를 통해 빛을 보라는 건가요? 그런데 왜 나는 나에게 어둠이었던 아득한 기억 속에서 어렴풋이 빛을 발하는 가느다란 불빛을 본 것 같을까요? 그 빛은 빛이 아닌 건가요? 성경도 결국 예수님에 대한 기억을 적은 게 아닐까요? 말 좀 해 주세요."

엷은 분홍빛의 벚꽃이 인왕산 밑자락을 뒤덮는 봄날 아침, 그는 그 분홍 안개에 이끌려 인왕산으로 향했다. 늘 밤늦게 잠들고 몸을 움직이는 데 게을러 지척에 좋은 산책 코스를 두고도 자주 가지 않는 편이었지만 그날은 아우성을 치며 터져 나온 꽃들의 부름을 받았는지 등산화를 챙겨 신고, 산에 올랐다. 느지막한 아침 시간이라 사람이 눈에 띄지 않았다. 한참을 올라 중턱을 넘어서자, 큰 바위 앞 좁다란 길에 한 사람이 서 있는 모습이 보였다. 조금 가까이 다가가 보니 붉은 옷을 입고 있는 여자였다. 그 붉은 옷은 놀랍게도 그녀였다.

그는 바위 뒤에 움직이지 않고 그대로 선 채 그녀를 지켜보았다. 그녀는 소리를 내지 않으며 무어라고 말을 하고 있었다. 움직이는 입술의 모양으로 보아 무언지 애절하고 절박하게 누군가에게 호소를 하는 것 같았다. 그러다가 그녀는 허공에다 대고 손을 내저어 무어라고 손 말을 하고 있었다. 애원이라도 하듯 열중해서 하고 있는 그녀의 모습에서는 광기보다는 애처로움이 묻어났다. 마치 너무도 애절한, 관객 없는 외로운 팬터마임을 하고 있는 것 같았다. 좋은 햇살과 청량한 바람 속에 손을 휘저으며 격렬히 움직이고 있는 그녀의 입술은 그 봄날과 어울리지 않는 한 편의 희화였다. 이번에도 그는 그녀를 아는 척하지 않고 그 자리를 피했다. 그는 그 여자가 무서워졌다. 어떤 모습이 그녀의 원래 모습인지 알 길이 없었다.

어느 날 그녀의 집에서 흠이 있는 물건들을 손질하고 있을 때였다. 그가 일을 하고 있는 작업대 앞에 선 채 망연히 창밖을 내다보던 그녀는 이렇게 중얼거리는 것이었다.

"아이가 칭얼대다 이제 막 잠이 드네요. 붉게 물들었던 노을이 사라지는 게 보이네요. 어두워지고 있어요. 아, 캄캄해지기 시작해요. 풀벌레 소리도 들려요. 작은 꽃들이 바람에 살랑거리는 게 보이나요? 저쪽을 보세요. 저기 조금 열린 커튼 사이로 불빛이 새어 나오지요. 두 사람이 격렬하게 입을 맞추고 있어요. 그렇게 하면 안 되는 사람들이……."

갑자기 그녀는 뒤를 돌아보며 그에게 물었다. "이런 이야기를 들으면 뭐 떠오르는 게 있나요?" 내용의 사실 유무와 전후 관계를 밝히지도 않고 제멋대로 시공간을 넘나드는 그녀의 이야기에 그는 하던 일을 멈추고 그녀 쪽을 보았다. 그러나 이미 그녀는 등을 돌린 채 다시 창밖을 내다보고 있었다. 참으로 이상한 일은 그녀가 방금 느닷없이 뱉은 말들이 지금 그녀가 눈앞에서 보여 주고 있는 그녀 자신과 집과 물건들보다 훨씬 큰 힘을 발휘한다는 사실이었다.

어떤 사람에게서 지금 일어나는 이러저러한 사건이나 그 사건의 실제 내용보다는 그 삶이 눈에 보이지 않게 내뿜는 형체가 불분명한 빛깔과 추임새가 그 사람을 더 잘 드러내는 것은 아닌지 모를 일이다. 그런데 그 빛깔이라는 것은 무엇이며 그 추임새는 무엇일까? 그 추임새는 어떤 리듬을 갖고 있기에 그는 그 추임새에 이렇게 같이 따라 움직이고 있는가? 실체를 잘 모르면서도 밀고 나가는 힘이 작용하는 이건 도대체 무엇일까? 그녀는 그에게 그녀가 갖는 의미가 뭔지도 모른 채 글을 써 보고 싶게 만드는 힘이었다. 그것은 일종의 모호성이었다. 그는 그녀가 만들어 내는 모호성의 안개 속에 갇혀 있었다. 그는 머릿속에서 메모할 글을 열심히 만들었다.

모호함은 납득이 힘든 욕구불만과 좌절을 경험케 하지만 무언지 모를 관용과 포기 사이의 경계에 놓이게도 한다. 안개 속에 갇혀 있다는 것은 시간과 공간을 잃게 해 막막함을 느끼게 만들지만 때로는 그 안개 속에서 다른 어느 곳에서도 만날 수 없는 안온한 껴안김을 선물받기도 하는 것이다.

그는 정말 그녀와 같은 공간에 있을 때면 알지 못하는 무언가에 껴안기어 있다는 느낌을 실제로 받았다. 그녀가 말을 할 때면 그 말이 모호하거나 난해한 게 아니었다. 어느 날 그녀는 자신은 어린아이라고 했다. 늘 무섭다고 했다. 해가 지는 저녁때면 마음에 지향이 없어지고 어딘가로 연기처럼 사라져 버릴 것 같다고 했다. 뭔지 모를 그리움이 자리하는데 그 그리움의 자리가 늘 비어 있다고 했다. 잠들기 전에는 영영 잠이 들지 않을 것 같아서 무섭고 누군가가 쳐들어올 것 같고 영영 잠을 잘 수 없는 무슨 일이 생길 것 같다고 했다. 그런 두려움이 찾아오면 그냥 그녀는 집 없는 대여섯 살짜리 아이가 된다고 했다. 그녀는 늘 자신의 속에 '집 없는 어린 아이'를 안고 산다는 것이다. 말이 어렵거나 모호한 게 아니라 그 상태가 모호한 그녀의 이런 말은 누구라도 때때로 느끼는 기분일 수도 있는 것이다. 그런데 그렇게 말을 하는 그녀가 현실에서 보여 주는 삶의 방식에는 두려움이 자리하지 않는 것 같았다. 그녀의 그런 말은 그날의 기분에 따른 또 하나의 각색일지도 모른다는 생각이 들게 하는 것이다. 그는 그날 집에 돌아와 짧은 메모를 했다.

글을 쓰고자 하는 사람은 모든 것을 믿어야 한다. 믿지 않고는 글을 쓸 수 없으므로. 의심에서 자유로워지는 용기. 허구를 쓰는 사람은 사실을 있는 대로 다 알 필요가 없는 것이다.

또 몇 달이 지나가면서 그가 알게 된 건 어쩌면 그녀는 자신을 말하고 있는 게 아니라 그를 이야기하고 있는지도 모른다는 사실이었다. 사람은 혼자 힘으로 자신을 잘 알기가 어렵다. 누군가에게 자신을 비추어 보고서야 자신의 모습에 이르게 된다. 그녀를 보면 어느 때는 그를 제대로 비춰 주는 거울 같기도 했다가 어느 때는 아주 다른 허상을 제공하는 일렁거리는 거울 같다는 생각이 들었다. 그녀는 그가 이미 알고 있는 세상과는 다른 곳에 있는 사람이었다.
그도 다른 젊은 사람들과 마찬가지로 이미 알고 있다고 생각되는 것을 더 알고 싶어 하기보다는 모르는 세상을 헤매다 길을 잃는 편에 속했다. 아직도 그는 세상에서 자신의 자리가 어디쯤인지 알지 못했다. 그는 자신이 어디에 서 있는지 알고 싶어 여기저기를 기웃거리며 헤매고 다녔다. 그러나 그곳이 어딘지 알고 난 후에는 아는 곳에 그냥 머물러 있지 못하고 끝내 다시 모르는 곳을 찾아 들어가 그곳에서 계속 헤매는 것이다. 그는 시선을 한곳에 고정시킬 수가 없었다. 한곳, 한 가지, 한 종류, 한 사람과 같이하는 삶에 머물지 못하고 헤매는 이 성정은 실제로 의지의 부족으로 보일 수도 있지만 어떻게 보면 의지의 과잉이기도 한 것이다. 그는 그녀 역시 그와 유사한 두려움과 열망 사이에서 헤매는 건지도 모른다는 생각이 들었다. 그녀는 스스로가 사실을 말하건 거짓말을 하건 그가 그녀를 의심하고 있다는 걸 알고 있는 것 같았다. 그녀는 그의 젊은 나이가 자신의 삶을 경박하게 호기심 어린 눈으로 들여다보는 것은 아닌지 겁을 내고 있었고 그는 그녀의 나이 듦이 현실을 디디는 힘을 잃고 뒤뚱거릴까 봐 두려워하고 있었다. 두 사람은 거울에 비춰진 자신을 보기보다 어떤 거울인지만을 보고 있었다. 그녀는 그의 젊음의 힘이 불러올지도 모를 미숙함과 성급함을 우려했고 그는 그녀의 늙음이 수반하는 노쇠와 느림이 노회함으로 바뀔 수 있음을 경계했다.

결국 두 사람은 다른 사람을 지켜보느라 스스로에게는 가닿지 못하면서도 묘한 협력과 존중의 관계를 유지하고 있었던 것이다. 그의 두려움과 열망 위에는 그녀의 기억과 욕구가 매개된 욕망으로 자리하고 있었고 그녀의 기억과 욕구 아래에는 그의 두려움과 열망이 못다 한 그리움으로 놓여 있었다. 두 사람은 서로를 바라보며 이쪽이 그쪽을 보는 것이라고 우기면서도 그쪽이 이쪽을 보고 있으면 어쩌나 하는 두려움에 갇혀 있었던 것이다. 마치 두 사람은 각자 건너편의 어둠 속에 마주 보고 선 채로 실체를 드러내지 않고 서로의 그림자를 보며 그림자 춤을 추고 있는 것 같았다.

그는 서서히 그녀의 집에 가는 빈도를 줄였다.

그해 여름 끝자락의 더운 바람이 부는 날이었다. 그는 그녀의 집에서 선풍기를 틀어 놓고 작은 테이블에 깊게 팬 홈을 손질하고 있었다. 칠 냄새를 빼내기 위해 창문을 열어 놓고 선풍기를 그 방향으로 돌려놓았을 때였다. 그녀가 손에 커다란 부채를 들고 나타났다. 아주 오래된 것이었다. 부채에는 정승의 옷차림을 한 옛 선비의 얼굴이 그려져 있었다. 전주의 어느 대갓집에서 쓰던 것을 사 왔다고 말을 하면서 그녀는 그날 그를 또 하나의 방으로 안내했다. 방에는 부채가 가득했다. 정말 놀라웠다. 태극선, 팔각 부채, 공작선 등 혼자 쥐기도 힘든 커다란 부채에서부터 여러 종류의 쥘부채 등이 벽에 걸려 있거나 백자 항아리에 꽂혀 있었다. 그녀는 부채가 널린 방을 왔다 갔다 하며 손을 봐야 할 것들을 몇 개 가려

내고서는 혼잣말하듯 말했다.

"나는 늘 바람 소리가 좋았어요. 학생 때 읽었던 『폭풍의 언덕』에서 창가에 바람으로 돌아와 히스클리프를 애타게 부르던 캐시의 음성이기도 하고 어디서 부는지도 모르는 바람이 왔다 지나가는 것을 보며 늘 바람이고 싶었던 탓도 있고요. 바람 같았던 내 아버지 영향도 있을 거예요. 그래 그런지 바람의 연유를 모르는 인간이 바람을 불러일으키고자 만든 부채가 나는 애달프고 좋았어요. 우리네 부채는 참 멋이 넘쳐요. 한지에 부챗살이 은은히 드러나게 만든 아무 장식 없는 대나무 부채에서부터 지금 내가 들고 있는 초상화 부채까지, 게다가 쥘부채에 쳐 놓은 사군자의 담백함은 어떻고요. 한국에 돌아와서야 우리 옛것들의 멋에 취했다고나 할까요?"

그녀는 잠시 말을 멈추고 열린 창문 앞에 섰다. 구름이 모이기 시작하면서 후덥지근한 바람이 머뭇거리는 인왕산 쪽을 보며 그녀는 다시 말을 이었다.

"바람에도 냄새가 있는 것 알아요? 비를 품고 있는 바람은 냄새가 달라요. 비릿하고 알싸한 냄새가 나지요. 봄바람과 가을바람은 소리가 아주 달라요. 오늘 같은 훅 끼치는 이 차갑지도 뜨겁지도 않은 음습한 온도의 바람은 태풍을 몰고 오는 바람이에요. 이 태풍이 지나고 나면 가을바람이 불겠네요.

예전에 다니던 학교 기숙사 뒤 산자락에 바람이 심한 언덕이 있었어요. 유난히 바람이 모이는 그곳에 가면 늘 윙윙하는 바람 소리가 들렸어요. 나는 그 언덕에 '폭풍의 언덕'이라는 이름을 붙이고 저녁을 먹고는 혼자 그곳으로 산책을 나가 하릴없이 히스클리프를 불러 대곤 했지요. 나는 늘 바람 소리가 좋았어요. 바람 소리를 따라가다 보면 바람은 이미 달아나고 희미한 소리의 흔적만 남지요. 불어오는 소리를 듣고 따라나섰는데 어디서 일어 어디로 사라졌는지 알 수가 없는 게 바람이에요. 그러고 보니 나는 바람이 남기고 간 희미한 소리를 따라 그 흔적을 쫓아다녔다고나 할까요? 왜 나는 사라진 것들을 붙잡으려 했는지 모르겠어요. 왜 그것들에 매달려 눈에 보이는 것들을 거의 다 놓쳐 버렸을까요?"

그는 지난 봄, 인왕산 중턱에서의 그녀의 외로운 팬터마임을 떠올리고는 고개를 돌렸다. 그날 밤, 그는 집에 돌아와 메모 철에 이렇게 적었다.

형태가 정해지지 않은 내 삶에 형태를 부여하려는 내 노력이 바로 글쓰기라면 그건 내가 꼭 이루어 내야 하는 것이다. 우나무노도 말하지 않았던가? '산다는 것은 자신의 소설을 쓰는 것'이라고.

그러고는 그 밑에 라마르틴의 시 한 줄도 적었다.

단 한 존재가 없어 온 세상이 허전했다.

그러면서 그는 다시 그녀를 생각해 보았다. 그녀에게 그 한 존재가 누구였는지 그로서는 알 수가 없는 일이다. 그게 누구였든지 늘 모자라고 채워지지 않아 바람 소리를 따라 주위를 돌아보며 찾고 또 찾지는 않았는지.

그렇게 가을이 지나고 한동안 뜸하던 그녀를 다시 접한 건 겨울의 한가운데였다. 그녀는 그에게 연을 날려 본 적이 있느냐고 물었다. 그러면서 그녀는 보여 주지 않았던 또 다른 방의 문을 열었다. 방 안에는 보지도 듣지도 못했던 연들이 가득 차 있었다. 태극연, 방패연, 꼬리연, 온갖 동물 형상의 연들과 연줄이 감긴 얼레들이 벽면 가득한 간이 철제 선반 위에 줄지어 있었다. 지함을 사러 여러 지방을 다니다 어릴 적 보던 연이 눈에 띄어 같이 사 모아 놓았다면서 꼬리가 긴 연 하나를 들어 올렸다. 그녀는 언제 같이 가서 연날리기를 해 보자고 했다. 그는 어릴 적 사직공원 활터에서 어른들이 연줄 끊기 하는 걸 본 적은 있지만 실제로 자신이 연을 날려 본 적은 없다고 말했다.

그녀는 갑자기 연을 날려 보고 싶다는 열망이 끓어올랐는지 내일이라도 당장 같이 갈 수 있느냐고 물었다. 그는 그녀의 급작스런 요구에 자신도 모르게 미온적이 되었다. 그는 정월 대보름이면 고궁에서 더러 연날리기 경연을 하기도 한다고 확신 없는 말을 했다. 그녀는 그런 행사에는 관심이 없고 혼자 연을 날려 보고 싶다고 단호하게 대답했다. 나이 든 여자 혼자 연을 날리기가 뭣해 벼르기만 하고 못해 봤다고 하면서 동행해 줄 수 있느냐고 재차 다그치듯 물었다. 평소와 다른 그녀의 태도가 당혹스러웠으나 그는 그녀의 청을 들어 주기로 했다.

사람이 없고 연날리기 좋은 장소가 어디일지 궁리를 하다 행주산성 근처 야산이 그럴듯하다는 생각을 하고 며칠 후 그녀의 집으로 갔다. 그녀는 모양이 다른 연 여러 개를 꺼내 놓고 기다리고 있었다. 1월 중순의 날씨는 쌀쌀했고 바람도 제법 불어 연날리기에는 좋았지만 벌판에 오래 서 있을 생각을 하니 걱정도 되었다. 모자와 장갑을 챙기고 두꺼운 겉옷을 입은 두 사람은 정오가 가까운 시간에 행주산성 근처에 도착했다. 사람이 없는 산 밑동에서 그녀는 남색 꼬리가 길게 달린 가오리연을 꺼내 연줄을 풀기 시작했다. 바람을 타고 연은 꽤 멀리 날아오르기 시작했다. 연이 작은 도넛 크기로 보일 때쯤 되자 그녀는 갑자기 주머니에서 작은 칼을 꺼내 연줄을 탁 하고 끊어 버렸다.

"나는 늘 연줄을 끊어 주고 싶었어요. 연줄을 당겼다 풀었다 하면서 하느님 놀이를 하는 사람들이 참 싫었거든요. 그러나 줄이 끊긴 연은 어디로 갈까요? 어딘가를 정처 없이 날다 예상치 못한 곳에 추락하겠지요. 그래도 나는 그것들이 그냥 제 갈 길을 가게 다 줄을 끊어 주고 싶어요."

그녀는 그날 갖고 갔던 연 여남은 개의 줄을 모두 끊어 그것들을 알지 못하는 곳으로 날려 보낸 뒤 빈 얼레만을 들고 집으로 돌아왔다. 그는 그날의 뭐에 씐 듯한 그 외로운 연날리기가 이상하게 마음에 걸렸다. 그러면서 그는 지금 자신이 그녀에게 하고 있는 역할이 무엇인지 의문이 들면서 그녀의 삶에 엮이어 있는 자신의 모습이 몹시 보기 싫게 느껴졌다.

그는 한동안 그녀의 집에 가지 않았다. 그렇게 두어 달이 지나자 그녀가 다시 화방으로 찾아왔다. 화방을 연 후 처음으로 한꺼번에 20여 개의 그림을 액자에 넣어 달라는 주문을 받고 한창 정신이 없을 때였다. 아마추어 화가의 첫 개인전을 위한 그림들은 모두가 원경의 풍경화들이었다. 막 액자에 넣어 마무리를 하고 있는 그림을 본 그 여자는 "바닷가 안개에 잠겨 있는 집이군요"라고 말을 시작했다.

"집을 가지려고 애써 본 적이 없겠네요. 아버지가 물려준 집이 있으니. 잘못해서 이 집을 잃게 되면 어떻겠어요? 생각만 해도 힘든 일일 거예요. 지금 이 그림을 보니 〈모래와 안개의 집〉이라는 제목의 영화가 생각이 나네요. 동명의 소설이 있다는데 나는 소설은 못 보고 영화만 봤어요. 제목만으로는 어딘지 낭만적이고 아련한 내용이지 싶죠. 우연히 텔레비전에서 재상영된 영화를 보면서 내가 생각했던 것과 내용이 달라 꽤 당혹감을 느낀 기억이 나네요. 그러나 그 당혹감은 내가 언어에 대해 느끼는 감성에 문제가 있어 그런 것이지 실제 영화의 내용이 제목과 동떨어져 그런 것은 아니었어요.

모래가 날리는 안개 낀 바닷가의 집을 놓고 서로 집의 소유권을 양보할 수 없는 양쪽 당사자가 벌이는 처절한 투쟁은 결코 낭만적일 수가 없었어요. 한쪽은 부모가 고생 끝에 물려준 집을 하찮은 부주의로 놓칠 수 없어 어떻게든 지켜야 하는 애끓는 이유가 있었고, 또 다른 한쪽은 이민자로서의 생존을 걸고 그 집에 매달릴 수밖에 없는 절박한 이유가 있었어요. 가만히 그 자리에서, 모래와 안개에 쌓인 채 인간이 벌이는 투쟁을 지켜보는 집은 말이 없지만 그 영화는 집이 갖고 있는 양가적 속성인 '꿈'과 '돈'을 잘 보여 주고 있었어요.

집은 우리에게 무엇일까요? 개별적인 감성을 중시하는 방과는 달리 집은 누군가와의 공감력을 되살리게 해 주지요. 방이 주는 단독적이고 폐쇄적인 공간이라는 느낌에 앞서 단란함이나 따뜻함으로 연결되는 정감을 불러일으킨다고 할까요? 호텔에 아무리 좋은 방이 많아도 우리는 그걸 집이라 부르지 않지요. 어디선가 솔솔 익숙한 냄새가 피어오르고, 귀에 익은 소리들이 두런거리는 곳이 바로 집이니까요. 그렇게 우리가 집이라고 부르는 것에는 특별한 유대와 어떤 것과도 바꿀 수 없는 공감대가 자리하지요. 그러나 그 유대와 공감대는 그냥 얻어지는 게 아니에요.

어설펐던 70~80년대부터 살 집을 찾기 시작한 나는 정 붙이고 살 집을 찾을 때까지 꽤 여러 번 이사를 했어요. 누구나 그렇듯이 조금씩 크기를 넓히면서 내 능력보다 앞서 뛰어가는 집값을 따라잡기 위해 힘에 부치는 경주를 했지요. 달리 말하면 나에게 집은 '꿈'과 '돈'이 늘 어긋나게 물리는 엇박자였어요. 그런 속에서 열 번 가까이 이사를 한 끝에 유럽의 한쪽 끝에 안주할 집을 찾았다고 좋아했지요. 그건 그냥 집이라기보다 늘 다가가면 멀어지던 '꿈'과 '돈'의 거리를 최대한 좁히고 또다시 버리고 떠나지 않을 보금자리를 찾는 것이었답니다.

이사를 한 뒤 처음 이삼 년은 집에 들일 누군가의 꿈을 입히느라 정성을 많이 쏟았어요. 붙고, 깎고, 저미고, 다듬으며 그럭저럭 집과 익숙해질 만할 때, 그 누군가는 다른 길로 가버렸지요. 그 뒤로 내 품에 꺼안게 된 집은 조금씩 나도 모르는 사이에 나와 거리를 두며 물러나 앉기 시작했어요. 그뿐만이 아니었지요. 처음 집을 찾았을 때 환호하며 좋아했던 모든 것들이 하나씩 불편함으로 바뀌는 것이었어요. 모든 것들이 익숙하고 편안한 친구이기보다 쓸쓸하고 위압적인 것으로 변해 갔어요. 집이 품 안에 싸이지가 않았어요. 나는 작아지고 집은 점점 커졌고 해마다 봄이면 문밖에 내걸던 걸이 화분들도 즐거움이고 아름다움이기 전에 매일 내 손으로 물을 줘야 하는 일거리가 되어 갔답니다. 괜히 모든 것이 힘에 부치고 편치가 않았어요. 지쳐 돌아온 어느 날 저녁, 부엌에 들어서자 갑자기 싱크대가 더 높아지고 냉장고는 전에 없이 웅웅 소리를 내며 집에서 나가라고 외치는 것 같았어요. 나는 나도 모르게 소리를 질렀어요. '갈 거야, 정말 이제 돌아갈 거야!'

그것은 스스로 입 밖으로 내뱉기 전까지는 나 자신도 몰랐던 일종의 항복 선언이었어요. 이 세상에 변하지 않는 것은 하나도 없다는 것을 잘 알면서도, 집도 변하고 나도 변해 간다는 사실을 제대로 받아들이지 못하고 있었던 것이죠. 그러나 버려야 한다는 사실을 인정하고 안간힘을 쓰며 잡고 있던 줄을 놓으리라 생각하자, 차라리 시원하다는 기분이 들었어요. '꿈'과 '돈'이 행복한 조우를 한 시기는 불과 몇 년이 못 가 끝나고 말았어요. 내 꿈의 한 방편이었던 집이 모래와 안개의 집이 되어서가 아니라 내 몸이, 내 정신이, 내가 나라고 생각하는 나 자신이 그 누군가와 함께 사라져 버렸기 때문인 거겠지요.

내 아버지와 어머니는 길을 잃게 만드는 격변의 시대를 살았어요. 시대와 역사가 준 환난이었지요. 그런데 나는 왜 길을 잃었는지, 왜 집 없는 아이로 살았는지 모르겠어요. 집을 소유하는 건 중요하지 않아요. 사람을 들일 수 있는 집이 돼야 하는 거죠. 집에는 살아 있는 생명이 깃들어야 좋은 집이에요. 이곳으로 돌아와 내가 만든 집에 들인 것들은 모두 죽은 영혼들이에요. 살아 있는 사람들과의 관계가 힘들어 죽은 영혼이 깃든 물건들에 집착했나 봐요. 그것들에 생명을 불어넣기에는 이제 힘이 부치네요. 내 집에는 누군가가 쓰던 것, 누군가가 깃들었다 사라져 버린, 그런 것만 가득하지요. 이즈막에 와서 너무 격하게 공감하는 쓸데없는 공감력이 생겼는지 이제 그 물건들에 깃든 죽은 영혼들이 보이기 시작하네요. 이제 그만 그 시간의 웅덩이에 빠져 있는 것들을 모두 빼내 줄 때가 됐지 싶어요."

말을 마친 그녀는 아주 오래된 서양의 유화 하나를 두루마리 통에서 꺼내 놓았다. 어쩐 일인지 그녀는 그날 화방에 길게 머물며 그가 하던 일이 마저 끝날 때까지 기다렸다. 일을 마무리하고 그녀가 꺼내 논 그림을 보니 이 그림 역시 위의 그림이 벗겨져 나가기 시작해 밑그림이 조금씩 보이는 그런 것이었다. 지금의 상태로서는 밑에 어떤 그림이 그려져 있는지 전혀 알 수가 없었다. 오래된 물감이 여기저기 조금씩 갈라진 그림에는 무거운 어둠의 색조가 내려앉아, 쌓인 시간이 만든 영성이 전해졌다. 그런대로 온전히 남아 있는 그림을 벗겨 내기가 아깝다는 생각을 하면서 그는 유심히 그림을 들여다보고 있었다. 그녀는 그런 그의 생각을 읽었는지 그림은 가지고 있다가 아주 천천히 작업해도 된다고 말했다. 조금 뒤 그녀는 힘들다고 느껴지면 벗겨 내지 않고 그냥 두어도 된다는 말을 덧붙였다. 그렇게 한참을 앉아 있던 그녀는 화방을 한 번 천천히 휘둘러보고는 돌아갔다.

그 후 며칠 동안 그는 전시회의 그림에 맞는 액자를 골라 끼우느라 아마추어 화가와 씨름을 하고 있었다. 두 사람이 다 아마추어이다 보니 기대는 높고 성과는 마땅치 않았다.

저녁때부터 3월 같지 않은 바람이 심하게 불고 있었다. 늦게 잠자리에 들었던 그는 바로 옆에서 울리는 듯한 불자동차 소리를 듣고 눈을 떴다. 반사적으로 머리맡에 놓인 전자시계를 보니 새벽 3시 15분을 야광으로 표시하고 있었다. 한두 대가 아닌 것 같은 끔찍한 사이렌 소리는 골목 앞 큰길을 지나 인왕산 쪽으로 가고 있는 것 같았다. 그는 "산불인가? 이 바람에 그 좋은 인왕산 소나무가 다 타 버리면 안 되는데……"라고 혼잣말을 하며 다시 잠에 빠졌다. 이틀이 지난 뒤 그는 화가의 그림을 통인동의 화랑에 실어다 주고 한숨

돌린 기분으로 그녀의 집으로 향했다. 집 앞에 선 순간 그의 입에서는 "헛되고 헛되니 헛되도다"라는 낮은 절규가 자신도 모르게 새어 나왔다.

그녀의 집은 사라지고 없었다. 그의 눈앞에는 내려앉은 기와장과 불에 타다 남은 주춧돌, 그리고 양관의 철골 기둥 몇 개가 남아 있을 뿐이었다. 그녀가 그 집에 쌓아 놓았던 모든 것들은 모두가 집을 완전히 태워 버리기 위한 불쏘시개였던가 보았다. 그녀의 집에 있던 그 모든 동서양의 옛 가구, 나무 상자, 지함, 연, 부채 등은 모두가 한낱 바람에 날리는 연기로 삽시간에 흔적도 없이 날아가 버린 것이었다. 그는 마치 대답할 수 없는 질문을 받아 든 사람 같았다. 그녀는 집에 있지 않았다고 했다. 방화인지 실화인지 경찰 조사가 진행 중이라고 했고 외국에 나가 있는 그녀와는 연락이 닿지 않는다고 했다.

그는 다음 날 다시 그 집이 있던 자리에 갔다. 노란 띠를 둘러쳐 놓은 그 집 앞에는 접근 금지 표지판이 붙어 있었다. 그는 망연히 서서, 자신의 손으로 붙이고 고치고 다스렸던 그 모든 물건들에 새겨진 그 시간들은 다 어디로 사라진 것일까 생각해 보았다. 이제 유일하게 남아 있는 그녀의 물건은 그에게 맡겨진 오래된 풍경화뿐이지 싶었다. 그는 그 위의 그림을 벗겨 내고 밑에 무엇이 그려져 있는지 볼 것인지 아니면 그대로 그냥 둘 것인지 마음대로 정할 수 없게 되었다. 한참을 서성이며 서 있던 그 집 앞을 떠나 되돌아오는 길은 어쩐지 그에게 낯설고 여기, 지금이 아닌 것처럼 전혀 현실감이 느껴지지 않았다. 그런데도 3월의 바람은 잔잔하고 보드랍게 그의 목덜미에 닿았다.

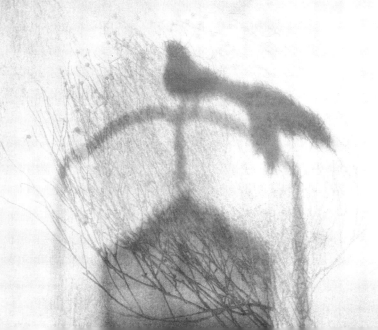

제3장

타다 남은 불

내기를 걸기로 했다. 질 수밖에 없다는 걸 알면서도 그렇게 하기로 했다. 나는 다시 있던 곳을 떠났다. 아주 떠나겠다는 생각은 없었다. 내가 꺼안고 있던 것들이 집, 물건, 사람, 기억조차도 또다시 발목을 휘감는 걸쭉한 핏물로 다가오자 잠시 떠나 보기로 한 것이었다.

떠나온 지 채 일주일이 되지 않아 묵고 있던 숙소로 연락이 왔다. 내가 내내 휴대전화를 꺼 놓고 있었기 때문이었다. 동생은 울먹이며 말했다.

"왜 전화를 안 받아? 언니, 큰일이 났어. 언니 집이 홀랑 다 타 버렸어. 집에 불이 났다구."

그 말을 듣는 순간 나를 받치고 있던 들보가 양쪽 어깻죽지에서부터 발밑으로 무너져 내렸다. 그러고는 마치 몸이 모두 녹아내리듯 흐물흐물해지고 있었다.

"언니, 듣고 있어? 아직 화재 감식반의 조사가 끝나지는 않았는데 오래된 전기 배선에서 누전이 되지 않았나 싶대. 그래도 더 조사를 해 봐야 한대. 누가 방화를 하지 않았는지, 원한을 살 만한 사람이 있었냐고 꼬치꼬치 캐물어. 너무 힘들어. 언니, 얼른 돌아와. 정말 거짓말 같아. 거짓말처럼 다 타 버렸어. 뼈대만 남고 모두 다 타 버렸어. 어서 와. 언니가 와서 처리해야 돼. 얼른 와."

빨리 돌아오라는 동생의 성화를 들으면서도 어쩐지 나는 돌아가야 한다는 생각이 들지 않았다. 무언지 일어나야 할 일이 일어난 것 같다는 느낌뿐이었다. 그곳에 내가 없는 게 맞는 것 같았다. 겁에 질려 우왕좌왕하는 내 모습이 없어야 마땅할 것 같았다. 나는 늘 가까이 지내지도 못했던 동생에게 무리한 부탁을 했다. 모두, 아주 말끔히, 하나도 남기지 말고 쓸어 내버리고 그냥 그 집터를 비워 두라고 했다. 비용 해결 방법을 자세히 일러 준 뒤, 나는 동생에게 미안하고 고맙다는 말을 여러 번 하고는 전화를 끊었다.

한동안 나는 멍한 채로 있었다. 아주 오래전 어린 시절, 집 앞에서 타오르는 엄청난 불꽃을 보았던 기시감이었을까? 지금 나는 내 눈앞에서 집이 타는 모습을 보고 있었다. 작은 한옥의 장지문이며 기둥, 건넌방과 안방 사이의 넓지 않은 마루, 자잘한 나무 상자와 지함, 부채와 연, 오래돼 버석거리던 낡은 양관에 가득 차 있던 목재 가구들, 모두가 활활 타며 불꽃을 내뿜고 있었다. 모두가 너무도 쉽게, 너무도 가벼이 타서 사라지고 있었다. 그런데 이상하게도 어떤 전율도, 절망적인 기분도 들지 않았다. 무언지 알 수 없는 가벼움이 내게로 오고 있었다. 나도 모르게 '휴우' 하는 나지막한 한숨을 입 밖으로 내보내고 있었다. 나는 그런 스스로가 놀라워 주위를 둘러보았다. 나는 파리 16구의 오래된 호텔 방에 앉아 있는 내가 아주 낯설게 느껴졌다. 마치 딴사람이 된 것 같았다.

　나는 누구일까? 이제 나는 아무것도 간직할 게 없는 사람이 되었다. 그런데 아무것도 아까운 게 없었다. "불에 다 타버렸다"는 말을 듣는 순간, 발목을 휘감던 진한 핏물이 사라진 듯 그냥 가벼워졌다. 홀가분했다. 나는 나의 모든 어지러움의 시작이자 근원이었던, 지나간 것들, 손때가 탄 것, 기억이 묻어 있는 것들이 모두 불에 타 없어졌다는 것에 일종의 해방감을 느꼈던 것이다. 나는 이제 가진 게 없는 사람이 되었다. 트렁크 하나를 채우는 소지품 몇 가지가 전부였다. 나는 호텔을 나와 오래전 파리에 드나들며 묵었던 마레의 민박집을 찾아 나섰다. 나는 한동안 화재 현장에서 나를 차단시키고 싶었다. 그곳 생각은 접어 두기로 했다. 마레로 향하며 그곳에 묶여 있는 규와 그의 부인의 얼굴도 지우기로 했다. 그들 역시 내게서 사라지게 했다.

나는 몇 날 며칠을 파리 거리를 헤매고 다녔다. 잃어버린 것들을 복원하고 싶지 않았다. 타서 없어진 것들 쪽으로 고개를 돌리지 않기로 했다. 그런데 끝이라는 느낌은 오지 않았다. 지난날을 모두 놓아 버리려는 내게 과거가 모두 끝나고 새로운 것이 나타날 것이라는 생각도 들지 않았다. 아주, 다 끝났다는 느낌은 결코 들지 않았다.

나는 늘 낯선 시간과 공간을 찾아 헤매었다. 내가 끌고 다니는 지나간 시간과 공간을 벗어나기 위해서였다. 그러나 뒤를 보지 않으려고 서 있는 자리를 수없이 바꾸어 보았지만 늘 거기서 보는 것은 앞이 아니라 뒤였다. 벗어난 공간 속에서 또다시 두고 온 공간을 뒤돌아보는 일의 반복이었던 것이다. 그곳에는 늘 머무는 사람은 없고 스쳐 지나가는 사람들만 있었다. 결국 내가 머물렀던 모든 공간은 모두가 섬이었다. 배를 타거나 특별한 운송 수단이 없이는 진입이 불가능한 섬. 어느 곳이든 나는 그곳을 섬으로 만들었던 것이다.

내가 나고 자라지 않은 외국의 어떤 도시나 공간에서 내가 받는 느낌은 생경함이었다. 나는 그곳을 모르고 그곳 역시 내가 누군지 모른다. 나는 그 아무것도 모르는 속에서 아주 다른 나를 만들 수 있다고 생각했다. 내가 내 나라의 곳곳에서 겪고 느끼며 묶어 놓았던 매듭들이 낯선 이곳에서는 아무 소용이 닿지 않는 줄무늬로 스르르 풀릴 것으로 생각했던 것이다. 그쪽이 나를 우호적으로 받아 주지 않아도 나 혼자 좋아하다 나 혼자 싫어지면 그냥 떠나면 그만이었다. 내가 떠난 그곳에는 나의 흔적이 남아 있지 않은 것이다. 나 혼자 그곳의 흔적을 기억 속에 새기거나 묻어 버리면 그만이었다. 어떤 곳에서, 어떤 경험을 한다는 것은 그 장소의 실제 정체성과는 상관이 없는 자신만의 특별한 경험인지도 모른다. 결국 모든 공간에 대한 내 기억은 내 외사랑의 무덤이었다.

파리

    사람들은 모두 자신이 목격한 것을 자신의 나름으로 저장한다. 같은 시간, 같은 공간에 있었다 하더라도 각자가 목격한 것을 다시 기억해 내는 것이 모두 같다고 말할 수는 없다. 어쩌면 나 역시 내가 맞닥뜨렸던 모든 것을 사실에 근거해 기억한다기보다 그것이 그때 내게 남긴 인상, 후유증, 아니면 그 여파를 기억한다는 것이 맞을 것이다. 그러나 내가 무엇을 어떻게 목격하고 무슨 일을 어떻게 기억하건, 언젠가는 어딘가에 가서 닿고야 만다. 결국, 끝내, 누구나 같은 곳에 도달하는 것이다. 어떤 행로로, 어떤 시간에 도달하는지가 사람마다 다를 뿐인 것이다. 사람들은 그렇게 정말 그럴 법하지 않은 상황에서도 계속 너무 가볍게, 또는 너무 무겁게 살아가는지도 모른다.

　대로변의 큰 건물 앞을 지나갈 때였다. 건물 현관 머리에 라틴어로 된 모토가 동판으로 새겨져 있었다. 'A Posse ad Esse.' 아주 오래전 런던의 어느 출판사 건물 입구에서도 보았던 '가능성에서 현실로'라는 구호가 그날은 가슴에 들어와 박혔다. 나는 내가 마주쳤던 가능성들을 어떤 현실로 만들었던가? 늘 그렇듯이 나는 확고한 생각을 가지고 무슨 일을 해본 적이 없었다. 막연한 생각, 자신도 잘 모르는 모호한 동기, 그런 것들이 나를 지금의 나로 만들고 끌어왔다. 결국 확실치 않은 가능성들이 나의 현실이 되었고 누가 부르는 소리에 이끌렸는지 바람의 옷에 휘감기어 서양의 이곳저곳을 전전했던 것이다.

　지나고 보면 그 수많았던 가능성이 다 현실이 되지는 않았다. 나는 무언가가 일어나기를 몹시 바라면서도 정작 그 무언가가 자신에게 닥치면 정신없이 허둥대느라 그 무언가가 무엇인지도 모르고 흘려보냈다. 그러고는 한참 시간이 지난 후에야 그 무언가의 의미와 중요성을 알아차리게 되었다. 때늦은 각성이 그때서야 작동됐던 것이다. 몹시 바라던 가능성이 아주 힘든 현실이 되고 나서야 그걸 알았던 것이다. 나는 도대체 얼마나 많은 사람과 또 그 사람들과 누렸을 시간을 놓친 것일까? 그 놓친 사람과 사라진 시간을 어디에 두고 여기에 와 있을까?

어쩌면 나는 자신에게 무슨 일인가가 벌어지기를 바라 익숙한 공간이 아닌 다른 공간에서 다른 종류의 삶이 다른 방향으로 이끌어졌으면 했는지도 모른다. 그 무슨 일인가가 정확하게 무엇인지는 나도 잘 모르고 있었던 게 분명하다. 그러나 그것이 현실이 되어 무슨 일이 일어나면 어떻게 대처할지 몰라 그 무슨 일로부터 탈주, 회피, 도망, 심지어 의식적 망각이라는 극한의 방법까지도 썼던 것이다. 두 종류의 사람이 내 안에 있었는지도 모른다. 무슨 일이 일어나기를 기다리며 내내 움직이지 않는 사람, 기다리지 않고 무슨 일을 저지르는 사람. 나는 저지르는 사람이 되고 싶었으나 끝내 움직이지 않고 제자리에 있었던 내가 그 저지르는 사람의 발목을 늘 붙들지 않았는지.

나는 또다시 발목이 잡히지 않기 위해 그럴 법하지 않은 우연을 기대하며 먼 길을 마다하지 않고 파리까지 날아왔다. 그러나 그럴 법하지 않은 우연은 이곳 파리가 아니라 떠나온 서울에서 일어났다. 나는 되돌아가 그 우연을 맞닥뜨리고 싶지 않았다. 나는 파리로 떠나오면서 왜 파리로 가야 하는지 스스로에게 묻지 않기로 했었다. 아마 파리로 왔던 이유는 너무 낯익어 떠남이 별것이 아닌 게 돼 버리는 걸 피하고 싶었거나 또 너무 낯설어 평정심을 잃을 만큼 두려운 곳이 아니라고 생각해서였을 것이다. 아니면 늘 잠깐씩 거쳐 가기만 했던 파리가 내 일생의 시간에서 밀려난 것에 대한 뒤늦은 사죄인지도 모르겠다.

무엇보다도 현실이 되지 못하고 사라지게 만든 내 주저와 망설임의 결과물인 아이와 규의 흔적이 가능성의 형태로 아직도 남아 있기 때문일 것이다. 나는 아이가 지금도 테제에 머물고 있는지 어디 다른 나라로 임지를 옮겼는지 알지 못한다. 규 역시 파리에 있는지 알지 못한다. 그러나 이곳 파리는 내가 그들에게 닿을 수 있는 가능성이, 그리고 그 가능성이 현실로 바뀔 수 있는 통행권이 아직 유효한 곳이었다. 나는 어쩔 수 없이 또다시 막다른 골목에 서 있는 내가 견딜 수 없었다. 모든 것이 제자리에 있다는 생각이 들지 않았다. 나는 하릴없이, 천천히 마레의 골목골목을 누비고 다녔다. 눈앞에 피카소 미술관이 있었다.

그림을 알고 피카소를 좋아해 그렇다기보다 그림이 걸려 있는 회랑과 구부러진 모퉁이, 그 공간들이 분할된 사이사이에 그림처럼 나타나는 바깥 풍경의 안배가 놀라워 나는 이곳이 좋았다. 다행히 숙소가 가까이에 있어 자주 그곳에서 시간을 보낼 수가 있었다. 두어 시간을 안에 있는 그림과 바깥에 펼쳐진 풍경 사이를 누비고 나와 보주 광장 끝자락에 있는 사람이 많지 않은 카페로 갔다. 파사주 모퉁이에 있는 작은 찻집의 테라스에 앉아 나는 비둘기의 배설물로 뒤덮인 광장을 내다보며 우두커니 앉아 있었다. 멀리서 신부님 한 분이 걸어오고 있었다. 신부님, 수도복 등은 나를 무심하게 두지 않는 어떤 표지이기도 했다. 수도복을 입은 아이의 모습을 지우기 위해 바로 앞으로 지나가는 신부님을 유심히 바라보았다. 검은색의 신부복이 낡고 닳아 푸르스름하게 바래 있었다. 얼굴 역시 주름이 지고 많이 지친 모습이었다. 어떤 연유에선지 그 모습이 그레이엄 그린의 『권력과 영광』 속 위스키 신부의 모습과 겹쳐지면서 나는 아주 오래전의 나로 돌아가고 있었다.

그를 처음 만난 건 광화문 근처의 영자 신문사 이 층이었다. 신문사에서 운영하는 영어 학원이 그곳에 있었고 겨울방학 특강으로 그레이엄 그린의 『권력과 영광』을 읽는다는 것이었다. 누구의 소개였는지 아니면 신문을 보고 갔는지 전혀 생각이 나지 않지만 나는 대학 2학년 겨울방학에 그 강의를 듣고자 학원이란 데에 처음으로 등록을 했다. 소설을 강의하는 선생은 심한 근시 안경을 쓰고 영어 발음이 별로 좋지 않은 그 신문사 기자였다. 강의는 주로 문법 위주로 영어를 풀어서 해석하느라 기계적이고 건조했다. 그러나 가끔씩 작가와 작품에 대한 애정이 드러나는 데가 있었다. 그럴 때마다 선생은 애써 그 애정을 밀어내고 영어 공부 쪽으로 방향을 돌렸다. 나는 주말을 빼고는 매일 저녁 7시부터 한 시간씩 그 강의를 들으러 갔다. 3주가 지날 즈음 나는 그 선생의 말이나 표정에서 심한 피로감이 드러나는 것을 느꼈다. 낮에 무슨 일을 어떻게 하는지 알 수 없었지만 늘 그렇게 피곤에 지쳐 있는 모습이 무척 안됐다는 생각이 들었다.

눈이 많이 오는 날이었다. 학원에서 집이 가까웠던 나는 걸어서도 갈 수 있었지만 스무 명이 채 되지 않던 수강생 반 이상이 결석을 해 수업은 30분 정도만 하고 끝이 났다. 눈이 계속 내리는 신문사 앞에서 불빛 사이로 흩날리는 눈을 바라보며 나는 천천히 걷고 있었다. 누가 뒤에서 말을 걸었다.

"대학생인가요? 몇 학년입니까?"

학원 선생이었다. 그날 처음으로 길 건너편의 다방으로 갔고 마주 보고 앉아 이야기를 나누었다. 그는 영문과 학생인 나에게 무슨 과목을 어떻게 배우고 있느냐는 질문을 했고 그 질문을 통해 그가 신촌에 있는 어느 대학에 시간으로 나가 소설 강의도 한다는 걸 알게 되었다.

그는 결혼을 한 사람이었고 아이도 둘이나 있는 30대 후

반의 남자였다. 열다섯 살이 넘는 나이 차이와 학생과 선생
이라는 입장이 그를 심하게 경계하지 않아도 되는 기재로 작
용했다. 어쩌다 두어 번, 강의가 끝난 후 신문사 앞에서 차를
타지 않고 천천히 걸어가는 나를 발견하면, 그는 나를 데리
고 근처에 있는 식당으로 가 앞에 나를 앉혀 놓고 허겁지겁
늦은 저녁을 먹기도 했다. 대단한 이야기를 주고받는 것도 아
니고 서로 공통점이 많은 것도 아니었지만 문학에 대한 이야
기를 듣는 것은 좋았다. 영자 신문 기자와 학원 선생이기보
다 문학을 가르치는 사람이고 싶다고 했다. 글을 쓰고 싶다
고 하면서 밑줄을 잔뜩 그은, 영어로 쓰인 소설의 기법에 대
한 책을 보여 주기도 했다.

그 사람은 그가 하는 모든 말에 쉽게 수긍하는 내가 기특
했던 모양이고 젊다 못해 어린 내 감수성이 신선했던 모양이
다. 어느 날은 모 대학 대학원 학생들이 과제로 번역해 비매
품으로 출판한 카뮈의 『작가수첩』을 나에게 선물하기도 했
다. 그 책 역시 밑줄과 함께 군데군데 여백에 자신의 생각과
느낌이 적혀 있었다. 아버지도 안 계시고 남자 형제도 없는
집안의 맏딸인 나는 그런 나이의 남자와 그렇게 만나는 게
처음이었지만 이상하다거나 싫다는 느낌이 전혀 없었다. 그
렇다고 나는 내가 그 사람을 특별히 좋아한다고 생각하지도
않았다. 그러나 그는 주위의 친구나 다른 어른들과는 달랐
다. 무슨 말이든 할 수 있었고 그쪽에서 무슨 말을 해도 다

그럴듯하게 들렸다. 그냥 편안하고 좋았다.

　방학이 끝나 가고 두 달 동안의 수업도 끝이 나는 날이었다. 수업이 끝나고 계단을 내려오다 강사실에서 나오는 그와 마주쳤다. 그와 나란히 건물을 나온 나에게 그는 맥주를 한잔해도 괜찮겠느냐고 물었다. 청진동 쪽의 어느 일식집으로 들어간 그는 조그만 방에 자리를 잡고 맥주와 음식을 시켰다. 의외였다. 그는 그날 음식을 먹기보다는 술을 많이 마셨다. 그리고 내가 알아듣기 힘든 이야기도 많이 했다. 그는 처음으로 자신의 아이들과 아내에 대한 이야기를 했다. 밑도 끝도 없이 아내와 아이를 떠날 수는 없다고 했다. 왜 떠나야 하는지는 생략한 채 그런 말을 하는 그가 나는 이상해 보였다. 그리고 그는 그날 자신이 알고 지냈던 여자들에 대한 이야기도 했다. 술김이라고 하지만 나로서는 왜 그런 이야기를 내게 하는 것인지 알 수가 없었다. 그리고 나는 내 나이에 맞는 질문을 그에게 했다.

　"남자들은 자신이 알던 여자들을 그렇게 다 줄을 세워 기억하나요?"

　무슨 대단한 의도를 가지고 한 말도 아니었고 그냥 참 이상하게 들리는 이야기에 대한 내 나름의 반응이었다. 그는 놀란 눈으로 나를 보더니 일어나 화장실을 다녀왔다. 다시 방으로 들어온 그는 나를 일으켜 세워 마주 선 채 내 양 어깨에 손을 올리고는 똑바로 나를 쳐다보았다. 어깨에 올린 양손에 한참 동안 힘을 주며 나를 쳐다보더니 그는 나가서 계산을 하고 가 버렸다. 그렇게 해서 그 사람을 볼 수 있는 기회는 끝이 났다. 학원의 등록 시한이 끝났고 책 읽기도 마감되었다.

어느 봄날, 명동에 있는 코지코너라는 다방에 친구를 만나러 들어가던 나는 그곳에 앉아 누군가와 이야기를 나누는 그를 보았다. 네 사람이 한 테이블에 앉아 있었다. 그의 옆에 앉은 여자는 틀림없이 그의 아내였다. 왜 그렇게 생각했는지 분명치는 않지만 그 스스럼없음과 서로에게 익숙한 듯한 표정은 그냥 알아지는 것이었다. 나는 그에게 인사를 하려고 했다. 그러나 나를 본 그의 표정이 굳어지면서 아주 낯선 사람처럼 변하고 말았다. 참으로 이상했다. 그리고 그렇게 이상하다고 느낀 그 감정은 꽤 오래 지속이 되었다. 왜 나를 모른 척하려고 했을까? 내가 무언가 그에게 나쁜 짓을 했는가? 나는 그런 의문을 가진 채 가끔씩 그 사람 생각을 했다.

이제 와서 보니 나는 오래전 그와 같이 읽었던 책 속의 위스키 신부와 그를 혼동하고 있었는지도 모르겠다. 어쩌면 위스키 신부의 고뇌와 그의 고뇌를 동종의 것으로 오해하고 있었던 것 같기도 하다. 인간이 얼마나 비루해질 수 있으며 동시에 존엄한 존재가 될 수도 있는지에 대한 말을 하며 눈가가 잠시 빛나던 그가 되살려 낸 기억은 한참 동안 나를 그 카페에 머물게 했다. 낡은 신부복이 애처로웠던 신부님은 어디로 갔는지 알 수 없었지만 책 속의 그 위스키 신부와 그를 동시에 떠올리게 한 그 낡고 닳은 신부복은 계속 내 눈앞에 어른거렸다.

돌이켜 보면 모든 것이 처음의 생각과는 다르게 진행되었다. 결혼도, 사랑도, 직업도, 그리고 내 자신이 애를 써서 선택한 매 순간의 삶조차도. 조금 전 내 앞을 지나간 신부님이 떠오르게 해 준 그 사람에 대한 기억은 어디에 파묻혀 있다 되살아난 것일까? 지나간 시간과 기억 사이에 산재하는 무수한 점들. 보이기도 하고 덮여 버리기도 한 공허한 흔적들. 현실이 되지 못하고 사라진 모든 가능성들. 기억이란 지금 시점에서 보면 지난날에 대한 추측일 뿐, 원래의 그 순간과 지금 기억된 그 기억 사이에 필연적으로 존재하기 마련인 그 '말없음표'를 무슨 수로 복원할 수 있단 말인가? 나는 일어나 보주 광장을 떠났다.

유대인 거리가 끝나는 골목 안쪽의 작은 동네 공원으로 들어섰을 때였다. 아무도 없는 공원 벤치에 여자가 하나 앉아 있었다. 동양 여자였다. 나는 천천히 그쪽으로 발길을 옮겼다. 어디선가 본 듯한 모습이었기 때문이다. 무너지고 시든 모습이긴 했지만 처음 시선이 머문 순간 그 여자는 내가 열두 살 때 알던 혜주일 수밖에 없었다. 그때 전학을 와서인지 내가 기억하는 혜주는 열두 살 때의 혜주였다. 키가 크고 호리호리하면서 얼굴이 몹시 희고 의외로 두텁고 붉은 입술이 또래의 아이와 같지 않던 그 혜주. 오랜 시간 서로 만나지 못했고 아는 동안에도 자주 보지 않았지만 문득문득 떠오르던 혜주. 아마도 혜주를 이렇게 기억하는 이유는 단정한 가르마의 올림머리에 고운 한복을 차려입고 혜주가 전학 오던 날 같이 왔던 그 아이의 어머니 때문인지도 몰랐다.

혜주 어머니의 그 매무새와 갸름한 얼굴은 마치 사진을 찍어 놓은 듯 내 기억 속에 또렷하게 남아 있었다. 그 어머니의 모습이 다른 사람과 어디가 어떻게 달라 내가 그토록 오래 기억하고 있는지 모를 일이다. 어느 때는 혜주의 모습보다 두어 번 본 혜주의 어머니가 내게는 더 선명하게 떠오르는 모습인지도 모르겠다. 말할 수 없이 확고하게 단정한 그 겉모습 밑에 어떤 비밀이 있는 것인지 어린 내 눈에 비친 여자이면서 어른인 그녀에게서는 표현하기 힘든 슬픔의 냄새가 새어 나오고 있었다.

어느 여름날, 담임 선생님은 신체검사를 하겠다며 모두 윗

옷을 벗으라고 한 뒤 한 명씩 선생님 앞을 지나가게 했다. 남자 선생님 앞에 벗은 상체를 드러내기가 부끄러워 모두 반쯤 팔로 가슴을 가리고 빨리빨리 선생님 눈길에 노출된 뒤 돌아서서 옷을 입었다. 키가 컸던 혜주는 마지막으로 선생님 앞에 섰고 윗옷을 벗지 않고 있었다. 선생님은 혜주의 아래위를 유심히 훑어본 뒤, 그 아이의 윗옷을 벗겼다. 급하게 가슴을 감싸는 혜주의 손을 치우고 선생님은 오랫동안 혜주의 봉긋한 가슴을 들여다보고 있었다. 혜주는 그 두텁고 붉은 입술을 깨물고 눈물을 참고 있었다. 한참이 지난 후에도 선생님의 그 괴이한 응시가 무슨 의미였는지 알지 못했던 나는 스쳐 가며 보았던 혜주가 전부였다.

그렇게 지나쳤던 혜주를 다시 만난 건 고등학생이 되고 나서였다. 내가 다니던 정동에 있는 여고와 한 건물에 같이 있던 예술 고등학교 미술과에 혜주가 진학한 것이다. 혜주는 나를 알아보았고 어쩌다 마주치면 서로 손인사를 했다. 학교 근처에서 자취를 하고 있다는 혜주는 어느 날 나를 그녀의 집으로 데려갔다. 오래전 서울에 지어긴 최초의 공동주택이었다는 행촌동의 낡은 이층집 끄트머리에 있는 그녀의 거처는 내게 묘한 기분을 불러일으켰다. 혼자 사는 집이면서 그렇지 않은 것 같았고 무언지 비밀스러우면서도 사과가 썩을 때 나는 부패의 단내가 났다. 집에 있는 아주 큰 침대와 소파, 여러 개의 크고 작은 이젤, 그리고 그 앞에 놓인 너무 큰 거울 등은 혼자 사는 여고생의 것이기에는 너무 값나가고 어울리지 않는 것들이었다. 자세히 물어볼 만큼 혜주와 가깝지 않았던 나는 그녀가 내뿜는 무언지 모를 기운에 제풀에 놀라 서서히 혜주에게서 멀어지고 말았다.

이후 혜주를 만날 기회가 드물었던 나는 그녀의 소식을 모르고 지내다 한참 뒤 파리로 떠났다는 소문만 전해 들었다. 그렇게 파리로 떠났다는 소문의 언저리에는 학교를 그만둔 지 꽤 되었다는, 심지어 결혼도 하지 않고 아이를 낳았다는 등의 믿기 힘든 뒷말이 따라붙어 있었다. 그렇다면 몇십 년이 지난 뒤 저 벤치에 앉아 있는 동양 여자가 혜주일 수도 있다는 전제는 아주 틀린 게 아닐지도 몰랐다. 더구나 벤치에 앉은 그녀가 걸치고 있는 옷의 매무새와 앉아 있는 자세는 혜주가 아니면 만들어 낼 수 있는 것이 아니었다. 혜주는 늘 오래된 옛날 옷을 입었다. 고교 시절부터 그녀는 구호물자 시장에서 산 오래된 옛날 스타일의 옷을 입었다. 그렇게 유행을 벗어난, 전 시대의 옷을 걸친 몸집이 멋진, 더 이상 어리지 않은 혜주에게서는 아주 특이한 아우라가 흘러나왔던 기억이 떠올랐다.

그런데 어떻게 이렇게 혜주에 대한 기억이 되살아나지? 왜 내가 이렇게 사라졌던 혜주에 대한 기억을 불러내고 있지? 그러자 내 눈앞에 누군가의 모습이 나타났다. 그랬다. 아, 그랬구나. 그래, 그랬어. 드디어 그 모습이 혜주와 겹쳐졌다. 화방 젊은이의 얼굴이었다. 늘 누군가의 모습이 있다고 느끼면서도 떠올리지 못했던 누군가의 얼굴이 바로 혜주의 얼굴이었다. 그랬다. 그 모습은 어느 누구도 아닌 혜주가 틀림없었다.

나는 멀찌감치 선 채 혜주라고 생각되는 동양 여자를 다시 바라보았다. 그런데도 나는 다가가 사실을 확인하고 싶지는 않았다. 이상하게 나는 두려움이 앞섰다. 저 여자가 혜주라 하더라도 내가 지금 그녀를 만나 무슨 말을 할 수 있을지 알지 못했다. 나는 내가 혜주라고 생각했던 그 여자를 그대로 그 자리에 두고 발길을 옮겼다.

며칠이 지난 뒤, 묵고 있던 집에서 골목 몇 개를 돌아 한 세기 넘게 그 자리에 있다는 오랜 찻집을 찾아갔다. 이 집은 처음 왔을 때의 환상이 남아 있어 다시 오고 싶었는지도 모른다. 그렇게 그때의 시간을 잡아 두려는 노력이 허망하다는 걸 알면서도 늘 그 멈추어 있는 시간에 호주머니를 달아 생각날 때마다 뒤져 보고 있는 내가 딱했다. 혹시 나는 너무 많은 호주머니를 여기저기에 달아 내 일생의 시간을 너무 무겁게 만든 건 아닐까?

관광객들로 붐비는 시간을 피해 이른 시간에 온 탓인지 구석에 자리가 하나 있었다. 나는 식사 대용이 될 만한 디저트와 차 한 주전자를 시켰다. 나는 잘 우러난 차를 잔에 따르고 그 잔을 입에 갖다 댔다. 그 순간 다시 혜주와 혜주 어머니의 모습이 떠올랐다. 차 시중을 드는 사람들이 입고 있는 빳빳하게 풀을 먹인 하얀 리넨 제복이 혜주 어머니의 단정한 옷매무새와 연결이 되었기 때문인지도 몰랐다. 이제 와서 생각해 보면 열두 살 때의 내 눈에 비친 그분의 모습은 완전한 어른이었고 다른 어떤 역할도 아닌 누군가의 어머니였다. 그런데 왜 그 발끝까지 감추어진 고운 한복을 입은 자태가 드러낸 것은 슬픔의 감정이었는지, 그것도 육체가 안고 있는 슬픔이었는지 알 수 없는 일이다.

얼굴과 차림새가 합쳐져 뿜어내는 아름다움이 응시의 대상으로 연결되고 결국은 그 응시의 함의가 혜주의 조숙한 육체에 가닿게 되다니. 어쩌면 혜주는 열두 살에 이미 그녀가 육체로 보여 줄 수 있는 것을 모두 보여 주고 있었는지도 모른다. 피부에서 하얀 분이 묻어나고 있는 느낌. 그러면서도 투명하고 만져 보고 싶을 만큼 부드러운 느낌. 빛과 어둠이 같이 있는 느낌. 아름다움이라기보다는 무언지 모를 불안정한 빛과 그림자가 그녀의 몸을 감싸고 있다는 느낌은 경험도 하기 전에 모든 걸 경험한 듯한 그런 질감을 혜주에게 드리우고 있었다. 아마도 나중에 어디선가 들었던 그 어머니의 이중생활이었는지 혜주의 이중생활이었는지가 마구 뒤섞여 나도 모르게 육체가 정신보다 더 슬픈 것으로 바뀐 모양이다. 어쩌면 혜주는 어릴 적 자신의 몸에 내리꽂혔던 그 응시의 하중을 견디지 못해 너무 일찍 자신의 육체를 집어던졌던 것은 아닐까?

피카소 미술관 뒤편의 오래된 집을 개조한 민박집에 묵고 있던 나는 아침에 눈을 뜨면 집 앞의 동네 빵집으로 가 크루아상과 커피 한 잔으로 아침을 때웠다. 오늘에서야 앉은 자리 바로 앞에 있는 성당이 눈에 들어왔다. 나는 막연히 얼마 전 보주 광장 앞에서 본 신부님이 이 성당의 주임신부일지도 모른다는 생각으로 빵집을 나와 성당으로 향했다. 놀랍게도 그 이른 시간에 성당에서는 파이프 오르간이 연주되고 있었다. 미사가 있는 시간은 아니었고 아마 오르간 주자가 연습을 하고 있는 것이지 싶었다. 아무도 없는 성당에서 울려 퍼지는 파이프 오르간 소리를 들으며 나는 또다시 혜주 생각으로 돌아갔다. 혜주가 가졌던 모든 가능성들이 어떤 현실을 마주치게 되었는지 나는 모른다. 왜 그녀는 파리의 공원 벤치에 혼자 앉아 이 세상 사람의 것이 아닌 표정을 짓고 있을까? 내가 얼핏 본 것만으로 혜주라고 생각했던 동양 여자의 혼이 빠져나간 모습은 웬일인지 자꾸 나를 불편하게 했다.

어쩌면 우리는 불행한 느낌보다 불안하고 불편한 상태를 더 참기 어려운지도 모른다. 그러면서 나는 무엇이 나를 이렇게 불편하게 하는지 생각해 보았다. 서울의 화재 소식은 나를 아주 불행하게 만들지는 않았다. 그럼에도 돌아가 수습해야 할 일이 남아 있다는 생각은 나를 계속 불안하고 불편하게 했다. 그러나 그것뿐만은 아니었다. 그에 덧붙여 또 다른 그림자가 뒤따르고 있었다. 그 그림자는 혜주였다. 그리고 그 그림자에 어렴풋이 가려진 채 겹쳐진 모습은 바로 화방의 젊은이였다. 왜 나는 혜주를 떠올리며 화방의 젊은이를 같이 떠올리게 됐을까라는 의문이 나를 계속 불편하게 했던 것이다.

나는 머리를 흔들어 그런 편치 않은 생각들을 털어 내며 어느새 파이프 오르간 소리가 멈춘 성당을 나와 시테 섬 쪽으로 갔다. 언젠가 왔을 때 들렀던 문구점이 생각나 필기구를 사야겠다는 생각이 들어서였다. 나는 한참을 헤매고서도 그 문구점을 찾지 못했다. 그러다 마주친 곳이 '셰익스피어 앤드 컴퍼니' 서점이었다. 파리에서 불어가 아닌, 그나마 아는 영어로 쓰인 책을 만날 수 있어 올 때마다 반갑던 그 서점 안으로 들어갔다. 헌책, 새 책 할 것 없이 뒤섞여 있는 서점에서 나는 나도 모르게 한쪽에 있던 『권력과 영광』을 집어 들었다. 누가 열심히 읽다가 여기까지 흘려보냈는지 책에는 밑줄과 함께 여기저기 토를 달아 놓은 데가 많았다. 나는 그 책을 사서 들고 나와 근처의 카페로 갔다.

이쪽저쪽 페이지를 뒤적이며 그 위스키 신부의 본명이 무엇이었는지 찾아보던 나는 책의 여백에 써 놓은 단어 하나에 붙잡혔다. 'sympathy'라는 단어였다. 연민, 동정으로도 번역될 수 있는 그 단어에 나는 '공감'이라는 뜻을 입히며 책 주인이었던 사람이 밑줄을 그어 놓은 부분을 읽어 보았다. 그 단락이 끝나는 밑부분에 다시 'sympathetic imagination'이라는 말이 적혀 있었다. '공감'이라는 단어에 '상상력'이라는 말이 하나 더해졌을 뿐인데 '공감적 상상력'이라는 말이 불러낸 파장은 내게 의외로 크게 다가왔다.

공감을 한다는 것은 누군가가, 또는 누군가의 이야기가 내게 와서 닿았다는 것이다. 그러고는 그렇게 말을 걸며 다가온 이야기가 불러내는 애정과 연민이 그곳으로 가까이 가게 만드는 것이다. 거기에 눈에 보이는 것만이 아닌, 또 다른 시선의 힘이 뻗어 나간 상상력이라는 것이 보태지면 내가 바로 다른 누군가가 되어 그 다른 누군가의 슬픔과 기쁨, 절망과 고통까지 껴안는 변화를 겪게 되는 것이다. 그 변화는 아주 미묘하게 다가와 나를 다시 만들고 결국 나의 아주 깊은 곳을 건드려 나를 이전에 내가 알지 못하던 곳으로 데려가는 것이다.

나는 카페를 나와 천천히 걸어 다시 마레 쪽으로 방향을 잡아 늘 지나치게 되는 동네 공원 안으로 들어갔다. 혜주가 앉아 있다고 생각했던 벤치는 비어 있었다. 나는 그 자리로 가 혜주처럼 벤치에 앉아 보았다. 누군가가 그곳을 지나며 내가 그랬던 것과 같이 오래전의 어떤 사람을 떠올렸을까? 나는 왜 내가 자꾸 혜주를 떠올리며 이렇게 헤매고 있을까를 생각하다가 마침내 저 마음 밑바닥에 있던 어렴풋한 가능성이 현실의 표면으로 떠오르는 걸 느꼈다. 혜주는 내게 묻혀 있었던 거울이었다. 그 거울 속에는 지나간 시간이 마치 지금 벌어지는 일처럼 비쳐 일렁이고 있었다. 혜주는 예전의 모습을 가진 채로 다른 사람이 되어 있었다. 그녀는 마레의 동네 공원 벤치에 앉아 있었다. 그녀의 모습에서는 폐허가 주는 절망과 스러짐이 묻어났다. 시간이 우리에게 응답하는 가장 확실한 신호는 스러짐과 사라짐이다. 육체뿐만 아니라 정신도 사라진다. 기억은 망각이 되는 것이다.

나는 스러져 가는 혜주를 마지막 기억의 그물을 던져 붙잡으려 해 보았다. 그러고는 혜주의 과거가 나의 현재로 마구 흘러들어 오게 했다. 그러자 혜주의 과거와 현재가 나의 현재와 뒤섞이고 결국에는 또 다른 누군가의 미래로 줄달음치고 있었다. 한때 속으로 그럴지도 모른다고 생각했던 것이 현실처럼 느껴졌고 시간은 모두 연결 고리가 떨어져 나가 버렸다. 나는 그런 상태를 그냥 버려두기로 했다. 가능성이 현실이 되도록 놔두었다. 내가 잘 알지 못했던 혜주를 내가 잘 아는 혜주라고 생각하기로 했다.

참으로 이상하게도 서양에서 오래 산 동양인에게서는 온전히 동양인 같지 않은, 그렇다고 서양인도 아닌, 알 수 없는 형상이 입혀진다. 그곳의 햇빛과 물과 바람이 만드는, 마치 식물이 토양에 따라 잎과 꽃이 조금씩 변모하듯 그렇게 바뀌는 것인지도 몰랐다. 언제, 어떻게 그렇게 바뀌는지는 본인도, 다른 사람도 모르게 그렇게 변하는 것이다. 그렇다면 누가, 무엇이 그녀를 바꾸었는가? 정말 그녀는 혜주인가?

서울로 돌아가 맞닥뜨려야 할 일을 잊기 위해 그랬는지 나는 계속 내가 혜주라고 생각했던 동양 여자의 모습에 집착하고 있었다. 나는 다음 날 혹시 혜주의 모습을 한 여자를 만날 수 있을까 하는 생각으로 동네 공원에 몇 시간을 앉아 있어 보았다. 혜주는 나타나지 않았다. 다음 날도 그다음 날도 그녀는 나타나지 않았다. 한참이 지나도 그녀의 흔적은 보이지 않았다. 나는 내가 매달리려는 것이 혜주를 만나려는 것인지 아니면 서울로 돌아가지 않기 위한 빌미인 것인지 혼란스러워지기 시작했다. 나는 마치 일어나 떨치고 가려는 누군가를 어떻게든 붙잡아야 할 것처럼 필사적이 되었다. 멀찌감치 서서 본 모습만으로, 목소리도 들어 보지 않고 내가 혜주라고 단정했던 그녀를 그냥 모른 척 두어서는 안 된다는 급박한 심정이 나를 옭아맸다. 나는 모습을 보여 주지 않는 혜주를 다시 만날 수 있을까 하여 그 후로도 며칠 동안 아침저녁으로 동네 공원으로 나가 혜주를 기다렸다. 그러나 혜주는 다시 나타나지 않았다.

나는 파리에 계속 머무는 것이 또다시 나를 내 앞에 마주 서게 하는 것 같아 갑자기 이곳이 견딜 수 없어졌다. 말이 잘 통하지 않는 낯선 곳을 찾아 여기까지 왔음에도 또다시 이곳을 익숙하게 만들고 싶어 같은 곳에서 밥을 먹고 같은 곳에서 차를 마시고 같은 거리에 앉아 오래전의 누군가를 계속 떠올리며 기다리고 있는 자신을 흔들어 놓을 필요가 있었던 것이다. 나는 이틀 뒤 피렌체로 가는 기차를 탔다.

피렌체

피렌체는 나에게는 아주 낯선 곳이었다. 딱 한 번 우피치 미술관을 들렀던 기억밖에 남아 있지 않은 곳이었다. 너무 번화하지도 또 너무 외진 곳이 아닐 거라는 생각으로 택한 그곳이 웬일인지 모를 두려움의 꼬리를 길게 늘이며 다가왔다. 기차를 타고 가는 동안 내내 나는 그 두려움의 실체가 무엇인지 생각해 보았다. 결국 그 두려움은 아무리 내가 있던 곳을 떠나고 장소를 바꾸어도 결코 내가 끌고 다니는 것들로부터 벗어날 수 없으리라는, 아무리 지우고 지워도 그 밑그림이 완전히 사라지지 않을 것이라는 두려움이었다. 그럼에도 그 가느다란 두려움의 꼬리 끝에 어스름에 쌓인 그림자로 그렇게 나를 따라오는 것이 있다는 느낌은 아주 모호하면서도 이중적인, 안도가 함께하는 것이기도 했다.

사실 나는 나를 자유롭게 해 주기 위해 있던 곳을 떠나 머나먼 곳을 헤매면서도 전혀 그 자유를 자유롭게 쓰고 있지 않았다. 계속 자신을 묶는 이런저런 생각으로 그 자유를 무력하게 만들고 있었다. 무언가를 버리고 떨쳐 낸다는 건 얼마나 어려운 일인가? 그렇게 떨어져 나가지 않는 것이 도대체 무엇이란 말인가? 어느 누구도 아닌 내 스스로가 나를 이상한 끈으로 묶고 있었다. '꽃의 도시'라는 피렌체가 나를 풀어 주기를 기대하며 나는 피렌체에 내렸다.

아름다운 도시에는 비가 내리고 있었다. 예약한 민박집은 도심을 벗어난 꾸불꾸불한 언덕을 한참 올라가서야 나타난 오래된 집이었다. 이태리 사람 특유의 유쾌함을 가진 친절한 택시 기사가 좁은 언덕길을 몇 바퀴를 돌며 겨우 찾아낸 민박집은 정말 오래된 옛집으로 집으로 올라가는 돌계단의 가운데가 닳아 홈이 패어 있었다. 어렵사리 가방을 들고 혼자 올라가기도 좁은 계단을 한참 올라 꼭대기 층에 있는 방에 도착했다. 방의 전망은 고생해서 올라온 수고를 보상해 주고도 남았다. 나는 도시 전체가 한눈에 들어오는 꽤 넓은 테라스가 딸린 그 방에서 가방을 풀 생각도 접은 채 한참을 앉아 있었다. 나를 풀어 놓기에는 아주 적절한 확 트인 전망이 앞에 놓여 있었다. 침대 옆의 작은 탁자에는 여느 서양 호텔과 마찬가지로 커다란 영어 성경이 놓여 있었다. 이 민박집의 주인은 독실한 가톨릭 신자인지 침대의 머리맡 벽에는 커다란 십자가도 걸려 있었다.

가방을 한쪽으로 밀어 놓고 나는 테이블과 의자가 편하게 자리 잡은 테라스로 나갔다. 멀리 피렌체 시내의 중심에 있는 두오모와 큰 건물들이 내다보이는 저 아래로 붉은 지붕을 인 하얀 집들이 끝없이 펼쳐져 있었다. 테라스 바로 발아래는 낭떠러지였고 그 밑으로는 좁은 길이 꼬불꼬불 이어지고 있었다. 나는 집에 비치된 전기 주전자로 찻물을 끓여 티백에 들어 있는 차를 우려 들고 다시 테라스로 나왔다. 비가 그친 깨끗한 피렌체가 한눈에 내려다보였다. 나는 왜 또 여기에 이렇게 앉아 있는가? 무얼 찾아 여기까지 온 것일까? 줄기차고도 허망한 질문이었다. 결국 그 질문은 내가 살아온 내 삶 전체로 답을 하는 수밖에 없었다. 나는 누구이며 무엇을 하며 무엇을 원했는지, 어떻게 보고 싶지 않은 것들을 피해 가며 내게 불편을 주지 않는 길을 찾아 헤맸는지. 나는 죽을 만큼 세상이 권태롭지도 않았다. 그렇다고 살아 있을 만큼 세상에 관심이 있지도 않았다. 그러나 내 몸이 어디에 있건 내 정신의 거처에는 늘 바람이 소리를 내며 지나가고 여기저기에 축축한 누기가 차 있었다. 그래서 그런지 내 삶은 밝게 타오르는 불꽃이 된 적이 없었다. 늘 조금씩 타는, 꺼질

듯하면서도 꺼지지 않고 타는, 타다 남은 불 같은 것이었다.

나는 일어나 방으로 들어와 침대 위에 사지를 뻗고 누웠다. 뻗친 팔에 침대 옆의 성경책이 닿았다. 나는 일어나 검은 표지의 두꺼운 성경책을 들어 올렸다. 누군가가 읽다 책에 달린 붉은 갈피끈을 끼워 놓은 곳이 저절로 펼쳐졌다. 루카복음 12장이었다. 눈을 아래로 보내며 훑다가 34절의 끝부분에서 눈길이 멈추어 섰다. "너희의 보물이 있는 곳에 너희의 마음도 있다." 그 구절이 내게 닿았던 것은 성경이 가르치는 내용과는 달리 나에게 보물은 무엇일까? 내가 마음에 담고 있는 것은 무엇이길래 그걸 찾아 이리 헤매고 있나? 하는 물음 때문이었다. 결국 나는 아무 곳에서도, 아무 데로도 떠나지 못하고 그 자리에 서서 또다시 머뭇거리고 있었다. 나는 다시 성경을 펴고 루카복음 12장을 처음부터 읽어 보았다. 그러고는 성경의 말씀이 왜 '너희의 마음이 있는 곳에 너희의 보물이 있다'가 아니고 '너희의 보물이 있는 곳에 너희의 마음도 있다'인지 생각해 보았다. 마음과 보물이 한곳에 같이 있기는 참으로 지난한 일이었다.

서울로 돌아가야 한다는 생각과 파리의 공원 벤치에 앉아 있던 동양 여자가 정말 혜주였을까라는 양 갈래 생각에 나를 맡긴 채 나는 공중에 매달려 있었다. 나는 근심과 조바심으로 방 안을 왔다 갔다 하거나 테라스로 나가 보는 일을 며칠째 반복하며 마냥 시간을 보내고 있었다. 해가 지고 있었다. 볼 때마다 달라지는 피렌체를 보기 위해 다시 테라스로 나가, 지는 해가 뱉어 낸 어스름이 깔린 까마득한 발아래를 내려다보았다. 나는 아주 잠시 저 아래로 몸을 던지면 어떻게 될까 생각해 보았다. 나는 늘 높은 데에 서면 그런 생각이 들었다. 그것은 몸을 던져 아래로 떨어지고 싶다는 생각이기보다, 내게 끝끝내 달라붙어 있는 것들을 모두 공중에서 먼지를 털듯 털어내 버리고 싶다는 것이었다. 그러자 아주 오래전의 어떤 장면이 눈앞에 펼쳐졌다.

햇빛이 밝고 엷은 바람이 이는 어느 가을날 오후였다. 높은 아파트 건물이 벽처럼 둘러쳐진 아파트 앞 잔디 광장을 막 가로지르려던 참이었다. 어딘가 맞은편의 아주 높은 곳에서 빨래 건조대에 널어놓은 하얀 블라우스가 바람에 펄럭이듯, 춤을 추듯 떨어지고 있었다. 어느 순간 그것은 하얀 황새 한 마리가 아래로 내려앉는 것 같기도 했다. 그러나 그것은 하얀 블라우스도 황새도 아닌 하얀 잠옷 가운을 입은 젊은 여자의 투신이었다. 내가 생각했던 가능성과 눈앞의 현실 사이에 엄청난 괴리가 벌어지고 있었던 것이다. 그렇게 아주 잠깐, 가볍게 고공에서 춤을 추듯 내려오던 그 흰색의 물체는 퍽 하는 소리와 함께 낙하를 멈추었다. 비명이 들리고 사람들이 모여들고 앰뷸런스가 오고 12층에서 누군가가 떨어졌다는 사람들의 숨죽인 소리를 들으며 나는 마치 내가 떨어져 누워 있는 것 같다는 얼토당토않은 생각을 하며 급히 그 자리를 떠났었다.

누군가가, 그렇게 청명하고 밝은 날, 잠옷 차림으로 무언가를 떨쳐 내려다 좌절되고 만 일이었다. 나는 그 하얀 잠옷을 입은 젊은 여자가 무엇을 어떻게 떨쳐 내고자 했는지 알지 못했다. 만일 내가 그녀의 그런 선택의 전말을 다 알았다고 해서 그녀의 그 낙하를 막을 수 있었을 것인가? 그렇지 않을 것 같았다. 어느 젊은 여자의 그 자의적 낙하는 새처럼 내려 앉는 것이 아니라 모든 것이 부서지고 망가지는 끔찍한 추락이었다. 나는 돌이킬 수 없는 낭패감에 몸이 오그라드는 것 같았다. 높은 곳에 서서 팔을 벌리고 아래로 뛰어내리는 일은 무언가를 떨쳐 내 버리는 것도, 새처럼 가볍게 내려앉는 것도 아닌, 사지가 뒤틀리고 관절이 빠져나가 흐늘거리는 훼손일 뿐이었다. 그 여자의 선택은 내게 엄청난 괴리감을 안겨 주었다. 아마도 나는 그때 하얀 잠옷을 입은 한 여자의 좌절을 나의 좌절로 받아들이고 있었는지도 모른다.

나는 다시 그 좌절이 전기 충격처럼 전신을 관통하는 것을 느끼며 벌떡 일어나 나를 역에서 이곳까지 실어다 준 택시 기사의 전화번호를 급히 찾았다. 한참 가방을 뒤져 찾아낸 그의 명함을 들고 어렵게 통화에 성공했다. 테라스에 나가 앉아 있거나 동네를 산책하는 일만으로는 어지러운 머릿속을 다스리기가 힘에 겨웠기 때문이다. 어디서 어떻게 피어나 어디로 흘러갈지도 모르는 머릿속의 구름들. 구름으로 떠도는 것을 바람으로 밀어내거나 비로 내리게 하는 것이 내가 해야 할 일이라면 어쩌면 나는 일종의 가망 없는 일을 하려는 건지도 모른다. 누구에게나 공평한 '살다'가 '죽었다'는 어김없는 한마디는 함부로 살다가 함부로 죽었다가 아니고 '어떻게 살아 있었고', '어떻게 해도 죽을 것'이라는 조금 더 잔인하고 무력한 이야기일 수밖에 없기 때문이다.

나는 이곳 피렌체에서 하루 만에 다녀올 수 있다는 중세 도시 산 지미냐노로 갔다. 눈이 시원해지는 푸른 토스카나의 시골길을 끼고 한 시간 조금 넘게 달려 도착한 산 지미냐노는 피렌체와 또 다른, 작고 온화한 고풍의 도시였다. 나는 택시 기사가 잔뜩 요란한 억양으로 설명을 하며 건네준 쪽지를 받아 들었다. 고맙게도 그 쪽지에는 피렌체로 돌아올 때의 버스 노선과 시간표가 적혀 있었다. 나는 그에게 인사를 하고 그가 꼭 지나가 보라며 내려 준 아주 좁은 골목 앞에 섰다. 차가 다닐 수 없는 좁은 골목길 양쪽으로 죽 들어선 상점들을 지나가며 나는 오래된 거리의 장난감 같은 오밀조밀함에 빠져 한참을 헤어 나오지 못했다. 그 골목을 벗어나 마을이 있는 언덕으로 올라가 보았다. 중세 때 지어진 그대로의 겉모습을 가진 작은 동네 성당과 집들은 마치 오랜 시간 그 자리에 가만히 서서 누군가가 오기만을 기다렸다는 착각이 들 만큼 비현실적으로 다가왔다.

나는 지나다니는 사람이 보이지 않는 그 좁다란 골목들을 타임머신에서 막 내린 사람처럼 누비고 다녔다. 골목이 끝나는 모퉁이를 돌아서자 옛날식의 우물이 있는 평평한 공터가 나타났다. 우물 건너편에 있는 식당으로 들어간 나는 파스타 한 그릇을 비우고 식당 주인에게 근처에 자고 갈 수 있는 곳이 있는지 물었다. 주인은 자신의 집도 민박을 한다면서 이층에 있는 방 하나를 보여 주었다. 나는 그 집에서 하룻밤을 보내기로 마음을 정했다. 무언지 모를 온화한 대기의 기운이 그냥 바람처럼 스쳐 가지 말라고 나를 슬며시 붙잡았기 때문이다.

나는 메고 다니던 백팩을 그 방에 내려놓고 다시 이 골목 저 골목을 거닐었다. 한참을 걸어 좁은 언덕길의 막다른 골목에 이르렀을 때였다. 눈앞에 온통 꽃으로 뒤덮인 작은 정원이 있는 돌집 하나가 나타났다. 나는 그 앞에서 발길을 떼지 못하고 서 있었다. 오래된 돌집의 벽을 타고 올라가는 선명한 색깔의 꽃과 작은 정원이 나도 모르게 가브리엘 루아의 「세상 끝의 정원」을 떠올리게 했기 때문이다. 집 앞에 오로록 피어 있는 가느다란 긴 대궁에 거짓말처럼 선명한 색깔의 꽃을 매달고 있는 붉은 꽃들이 아름답다 못해 처연해 보였다. 누가 이다지도 이쁜 꽃들을 이리 정성스레 가꾸고 있을까? 하고 주위를 둘러보니 검붉은 색의 머리 수건을 옛날식으로 동여맨 할머니 한 분이 창가에 앉아 나를 내려다보며 웃고 있었다. 나는 나도 모르게 "너무 이뻐요"라고 큰 소리로 말했다가 할머니가 그 말을 알아듣지 못할 것이라는 생각에 되지도 않는 몸짓, 손짓으로 꽃의 아름다움을 표시했다. 할머니는 웃는 내 얼굴과 손짓을 보고 같이 함빡 웃어 주는 것으로 알아들었다는 대답을 대신했다. 이곳은 이탈리아이고 그 중에서도 풍요로운 토스카나에 위치한 오래된 중세 도시인데 왜 그 황량하고 척박한 개척지의 바람 불고 인적 없는 평원에서 죽음을 기다리는 마르타의 정원을 떠올렸는지 모를 일이다. 아마도 언덕 위 좁은 골목 끝의 막다른 곳에 지천으로 피어 있는 꽃과 머리 수건을 동여맨 할머니의 모습이 서로 다른 배경 속에서도 세상 끝에 있는 정원과 닮았다는 생각을 불러일으켰지 싶었다.

나는 갑자기 아무런 맥락도 없이 창가에 앉은 할머니의 자리에 잠시나마 소설 속의 마르타를 앉아 있게 해 주면 어떨까 하는 생각이 들었다. 젊은 시절 우크라이나를 떠나 먼 대륙의 끝, 남의 땅에서 갖은 고생을 치르며 외롭게 노년을 맞은 그녀를 이탈리아의 풍요로운 평원 토스카나의 이 오래된 도시의 저 돌집 창가에 앉아 있게 해 주고 싶다는 생각이 간절하게 들어서였다. 폭풍우도 없고 그 황량한 벌판을 훑고 가는 바람도 없는 이곳, 평온한 이곳에서 저렇게 밝은 해를 받으며 해맑게 웃고 있는 꽃을 내려다보았으면 싶었다. 사람이 어떤 곳에서 태어나 어떤 삶을 꾸려 가는가? 하는 것이 완전히 다른 삶을 만드는 것일까? 웬일인지 나는 저 창가의 할머니와 글 속에 있는 마르타가 아주 다른 사람 같지가 않았다. 나는 지금 내 눈앞에 있는 저 할머니의 삶이 어떠한지도 모른 채 마르타의 작은 정원과 바로 앞에 펼쳐져 있는 작은 정원을 마구 뒤섞고 있었다.

오랫동안 그 앞에 서서 서성이는 나를 이제는 좀 이상한 눈으로 보고 있는 할머니를 편안하게 해 주기 위해 나는 발걸음을 옮겼다. 천천히, 아주 천천히 좁은 골목길을 벗어나며 나는 한 번 더 꽃이 만발한 그 집과 작은 정원을 새겨 넣고 그 창가에 앉은 할머니를 이번에는 마르타 대신 혜주로 바꾸어 앉혀 보았다. 누가 그곳에 앉아 있건 깊게 가라앉은 시간의 쓰디쓴 진액을 들이켜야 하는 건 변함이 없는 일인 것 같았다. 마르타여도 그렇고 혜주여도 그렇고 지금 그 자리에 그대로 앉아 있는 그 할머니 역시 그럴 것이다.

죽음의 씨앗을 품고 세상에 나온 모든 것들은 어떤 재앙, 어떤 축복과 같이 하더라도 모두 사라져야 하는 것이다. 그러나 또 한편으로는 어떤 때에, 어딘가에 그렇게 앉아 있는 누구건, 어떤 식으로든, 누군가의 기억에 실려 그렇게 살아 있을 수 있기도 했다. 누군가의 전부가 이 세상에서 완전히 사라져 절멸할 수는 없는 것이다. 온몸으로 육체의 슬픔을 증명하는 이젤에 놓인 그림으로, 또는 아무렇게나 벗어 팽개쳐진 코가 찌그러진 구두로, 어딘가에, 누군가의 시선에 얹혀 죽어 없어지지 않고 남아 있는 것이다. 사라지는 존재의 흔적은 기억의 지형을 바꾸어 앉아 우리가 알지 못하는 곳에 엷은 자취를 남기는 것이다. 나는 서로 다른 여러 여자가 같은 자리에 그렇게 앉아 있어도 크게 다를 게 없다는 생각이 들자 무언지 안도가 되었다.

'이렇게 온몸으로 힘을 빼며 헤맬 필요가 없는데……'라는 말을 입 속으로 굴리며 산 지미냐노의 좁은 골목길을 걷던 나는 돌아가시기 전 요양원에서 지켜본 어머니의 모습이 생각났다. 그때 이미 9년이 넘게 요양원에 누워 있었던 어머니는 줄어들고 망가지는 자신의 육체를 용서하지 못했다. 오랜 외지 생활 끝에 가까스로 찾아뵌 어머니의 머리에는 넓은 반경으로 두껍게 붕대가 감겨 있었다. 어찌 된 일이냐고 묻는 나에게 간호사의 대답은 무심했다.

"왜 그런지 조금 정신이 돌아오면 머리를 계속 쇠 침대 난간에 심하게 짓찧네요. 그러다 정신을 잃으면 잠잠해져요."

어머니는 제정신으로 자신의 상태를 견뎌 낼 수가 없었던 것이다. 늘 분주하게 살던 어머니가 먹지도, 말하지도, 일어나지도 못하고 튜브를 목에 꽂고 누워서만 지낸다는 건 산 채로 죽어 있는 거나 같은 셈이었다. 살아 있되 죽어 있는 자신의 몸을 보고 느끼며, 그런 자신의 상태를 상기한다는 건 죽음보다 두려운 것일 수밖에 없었다. 어머니는 끊임없이 정신을 잃고 싶어 무의식적으로 머리를 짓찧는 동작을 반복해 왔던 것이다. 나는 정신을 잃은 채 잠이 든 어머니에게 혼잣말을 보냈다.

'어머니, 그러지 말아요. 이제 그만 짓찧으세요. 그렇게 '온몸으로 힘을 빼지 않아도' 때가 되면 저절로 힘이 빠져 사라지고 말아요. 그냥 편안히 누워 계세요.'

그러나 나는 그때나 지금이나 자신의 그런 말이 얼마나 공허한 것인지 누구보다 잘 알고 있었다.

다시 파리

　하루를 더 산 지미냐노의 좁은 골목들을 걷기도 하고 다리가 아프면 식당이나 찻집에 들어가 쉬기도 하면서 시간을 보내다 피렌체를 거쳐 다시 파리로 돌아오는 기차를 탔다. 이제 더는 시간을 끌거나 핑계를 대는 일에 지칠 때가 된 것이다. 저녁 무렵 마레의 골목길로 들어와 동네 공원 앞을 지나며 혜주가 앉아 있던 벤치를 바라보았다. 역시 혜주의 모습은 없었다. 그러나 아직 서울로 돌아갈 생각은 들지 않았다.

　구름 위, 받침대 없는 발코니에 나와 앉은 듯 몸과 마음이 헛헛하던 해 질 녘이었다. 얼핏 지는 해를 비껴가는 작은 새의 은빛 날갯짓을 본 듯했다. 그러나 다시 눈에 들어온 것은 은빛 날갯짓이 아니라 날개 밑에 웅크린 짙은 어둠이었다. 날개가 은빛으로 빛나 보였던 것은 날개 밑이 그렇게 어두웠기 때문이었다. 바로 그때 그 어둠이 내게 외마디 소리를 질렀다. 그리고 그 비명이 나를 일깨웠다. 날개 밑의 어둠을 은빛으로 바꾸기 위해 날갯짓을 하라는 것이었다. 날개 밑의 어둠을 은빛 날개에 실어야 한다는 주문이었다.

내가 파리로 떠나온 것이, 혜주라고 생각되는 동양 여자를 본 것이, 그리고 몇 날 며칠을 헤매고 흔들리며 붙잡은 줄이 바로 혜주를 글로, 이야기로 다시 살려 내는 것이었다. 죽지 않기 위해, 계속 살아 있기 위해, 글로, 이야기로 튀어 올라야 하는 것이다. 그것은 나의 이야기일 뿐만 아니라 내가 쓰는 이야기여야 했다.

내가 내 이야기에 귀를 기울인다는 것은 내 이야기에 매몰돼 빠져나오지 못하는 것이 아니라 또 다른 이야기를 만드는 것이었다. 내가 나에게 닿는 방법, 그래서 또 다른 누군가에게 닿는 방법은 이야기로, 글로 닿는 것이었다. 내 말과 글이 직접 그 아이를 뚫고 들어갈 수 없게 태어나 자란 내 아이에게도, 나에게서 멀어져 가는 화방 젊은이에게도 이야기로 가는 길밖에는 남아 있지 않았다. 남은 게 없는 사람이 할 수밖에 없는 것, 이야기로 돌아가는 것, 벗은 몸으로 이야기와 마주하는 것, 그것이 내게 남은 전부였다. 나는 어둠을 제치고 날개 위에 이야기를 얹기로 했다. 어디로 날아가든, 어딘가에 잘못 내려앉든 나는 우선 이야기를 날개 위에 얹어야 했다. 그것 말고 다른 명목이 남아 있지 않았다.

　나는 나타나지 않는 혜주를 마냥 기다리지 않고 내가 몰랐던 혜주를 내가 아는 혜주로 바꾸기로 했다. 나와 전혀 다른 삶을 살았을 혜주의 삶을 불러와야겠다는 막연한 생각이 그냥 막연한 것이 아니라 구원처럼 다가온 것이다.

　그 구원을 조우하기 위해 수많은 모퉁이와 우회로, 막다른 길을 되돌아 나오는 우여곡절을 거쳤던 것일까? 그런 생각이 왜 어떻게 들었는지 모르지만 어찌 보면 그 생각은 처음부터 있었는지도 모른다. 시작하는 말이, 첫 단어가 내게로 오는 길이 멀고 길었을 뿐이었다. 첫 단어가 시작되자 그 생각은 처음부터 거기 있었던 듯, 다음이, 그다음이 차례로 이어졌다. 무슨 말로 어떻게 시작하는가가 문제였고 놓치고 잃었던 단어를 찾는 데 오랜 시간이 걸렸을 뿐이었다. 내 안의 어둠, 밖에 있는 어둠보다 더 어두운, 표현이 가능치 않은, 어떻게 해 볼 수 없는 어둠을 밝힐 빛을 찾아 헤매느라 오랜 시간을 흘려보냈던 것이다. 나는 늘 뿌리가 어딘지도 모르는 기억을 좇아 그 어둠 속을 헤매고 있었는지도 모른다. 나는 내 상상의 날개 밑에 웅크리고 있는 어둠을 제치고 혜주의 삶 속으로 넘어 들어갔다. 나는 혜주의 삶을 마치 내 것인 양 다시 만들고 있었다.

　나는 나를 잊고 나와 다른 삶을 주조하고 있었다. 나는 나도 모르게 누상동의 '함' 화방을 떠올리고 화방의 옛 주인과 그 아들, 그리고 혜주와의 연결 고리를 찾고 있었다. 결국 나는 먼 시간의 강을 건너 혜주를 가능성에서 현실로 만나고 있었던 것이다. 나는 혜주와 공유하지 못했던 시간을 재구성했다. 그러자 혜주는 내가 아는 어느 누구보다 더 생생하게 내게로 왔다. 나와 가깝지 않았던 혜주는 나와 가까운 혜주가 되었다. 실제 세계는 비현실적인 것이 되고 내가 머릿속에서 그리는 혜주의 현실이 훨씬 실제처럼 느껴졌다. 그리고 나는 혜주의 모습 위에 또다시 화방 젊은이의 모습을 겹치고 있었다.

　내게 남은 일은 날개 밑의 어둠의 힘을 빌려 날개가 은빛으로 빛나게 하는 것이었다. 그러고는 어딘가 하늘 저 멀리 날갯짓을 하며 날아가게 하는 것이었다. 나는 혜주를 작은 은빛 날개에 실어 화방 젊은이에게 날려 보내야 했다. 말로도 글로도 닿기 힘든 내 아이는 그냥 그 자리에 두고 말과 글이 그 젊은이를 뚫고 들어가 그의 어머니를 찾게 해 주어야 했다. 나는 나도 모르게 혜주가 그의 어머니라고 굳게 믿고 있었다. 그가 그 날개를 잿빛의 어둠으로 보고 지나쳐 버리건, 날개 밑의 어둠까지 알아채건 뒷일은 접어 두고 그에게 보낼 그의 어머니 이야기를 날개에 실어야 했다.

　나는 마레의 민박집 3층 끄트머리 방에 앉아 누상동과 백송동, 행촌동의 화실을 오가며 혜주의 삶을 머릿속으로 그리고 있었다. 단어들로, 글로, 이야기로 돌아가는 것이 가장 분명한, 돌이킬 수 없는 회귀인지도 모른다. 나는 계속 살아 있기 위해, 살기 위한 몸부림으로 이야기로 돌아갔던 것이다. 그러나 이것 역시 지기로 되어 있는 내기라는 걸 모르지 않았다. 어디로 날아갈지도 모르는 단어들이 한 마디, 두 마디, 세 마디 갑자기 튀어 올라와 혜주의 느낌을 그녀의 하얀 피부로, 갸름한 얼굴로 만들어 가고 있었다. 내가 끝내 돌아가야 할 곳은 서울이 아니라 낱말들의, 이야기의 가능성이 만들어 내는 현실인지, 혜주는 자신의 육체로 이야기를 써 나갔다. 내 피의 이야기와 혜주의 살의 이야기가 서로 뒤엉키며 피와 살의 삶이 그려지고 있었다. 웬일인지 혜주는 '그녀'로 묘사되기를 거부했다. '나'가 되어 스스로 말하겠다고 했다.

　나는 가까스로 첫 줄을 시작했다.
　혜주는 이야기를 풀어놓았다.

나와 어머니는 예술가가 아니면서 예술에 몸을 기댔다가 일생을 망친 사람들이었다. 나는 예술이라는 이름으로 행해진 모진 욕망과 처참한 기억에 너무 일찍 노출이 되었다. 예술은 내게 미래를 보는 법을 전혀 가르치지 못했다. 예술이라는 미명으로 위를 덮은 육체에 대한 열망은 늘 중간색이 없는 단순하고 강렬한 원색이었다. 그리고 아주 깊은 자국을 남겼다.

어머니는 육체를 가려야 하는 시대에 태어나 은밀하게 육체를 드러내야 하는 삶을 살았다. 그런 삶을 살 수밖에 없었던 자신을 감추기 위해 어머니는 늘 한복을 입었는지도 모른다. 온몸을, 발끝까지 감출 수 있는 한복을 차려입음으로써 육체를 드러내지 않는다고 생각하고 싶었겠지만 놀랍게도 그런 그녀의 가려진 모습은 역설적으로 그녀의 육체의 덮여 있는 부분을 더 잘 드러내고 있었다.

어머니가 결혼한 사람은 화가가 아니었다. 그 동생이 이름난 화가였다. 어머니는 결혼한 지 얼마 안 돼 이미 병이 깊어진 남편 뒷바라지를 해야 했다. 폐결핵이었던 그는 몇 년이 못 가 마산의 결핵 요양소로 옮겨졌다. 별다르게 생계 수단을 갖지 못했던 어머니는 시동생의 도움을 받으며 살 수밖에 없었다. 어머니는 그 고운 한복을 입은 맵시로 시동생이 그린 그림의 모델이 되었다. 그 아름다운 인물화는 지금도 국립현대 미술관에 걸려 있다고 한다. 그다음이 문제였다. 어머니는 끝내 시동생의 인체모델이 되었고 두 사람의 은밀한 관계는 나라는 결과물로 나타났다. 다행히 어머니의 남편이 죽기 전에 태어난 나는 어머니 남편의 자식으로 알려지게 되었다. 조혼으로 이미 아내와 자식이 있었던 어머니의 시동생은 불온한 관계를 덮기 위해 그랬는지 이후 파리와 서울을 오가며 살았다.

내내 작은아버지라고 알고 있었던 사람이 내 아버지라는 걸 알게 된 건 어머니 역시 결핵으로 숨지기 얼마 전이었다. 예술 고등학교에 다닐 때인 어느 날, 어머니는 집의 열쇠와 주소를 건네주며 어머니가 죽고 나면 그곳으로 가 살라고 했다. 그러면서 그곳은 내가 작은아버지로 알고 있었던 친부의 작업실로 그가 내 이름으로 남겨 준 곳이라고 말했다. 어머니는 때가 되면 파리에 있는 아버지를 찾아가 보라는 말도 덧붙였다.

나는 어머니의 장례식이 끝나고 얼마 후 행촌동의 작업실로 옮겨 왔다. 그곳에는 작은아버지였던 화가와 어머니의 내밀하고도 황폐한 사랑의 흔적이 여기저기에 배어 있었다. 정물화를 그리기 위해 두었던 사과나 모과, 유자와 같은 과

일이 썩고 말라 가며 뱉어 냈던 단내와 시큼함이 배어 있는 그곳은 눅눅하고 슬프고 아름다웠다. 나는 그곳에서 어머니의 벗은 몸을 그려 놓은 여러 장의 미완성 그림과 데생을 찾아냈다. 그것들 역시 슬프고 아름다웠다. 파리에서 살던 작은아버지는 불쑥불쑥 한국을 찾았고 그때마다 이 작업실에서 어머니와 무너지다 남은 폐허 같은 사랑을 이어 간 것이었다. 나는 어머니가 돌아가시고 나서야 어머니가 얼마나 힘들고 안타까운 삶을 산 것인지 알게 되었다.

어머니는 내게 자신의 삶에 대한 이야기를 자세히 풀어놓지 않았다. 그러나 이곳을 내게 물려줌으로써 그녀 삶의 모든 후미진 곳을 다 들여다볼 수 있게 해 주었다. 나는 큰 소파를 보며 어떻게 어머니가 그곳에 누워 포즈를 취했는지 알 수 있었고 하얀 침대보가 덮인 침대에 누워 얼마나 절망적인 사랑으로 몸부림쳤는지 느낄 수 있었다.

어머니는 어릴 때부터 막연하게나마 그림을 그리도록 나를 유도했다. 아마도 화가인 내 친부에게 다가가게 해 주기 위한 배려였는지도 모른다. 그 덕인지 한국에 처음 생긴 예술 고등학교의 미술과에 갈 수 있었다. 그 예술 고등학교에서 나는 내 또래의 친구들을 만난 게 아니라 내 친부의 친구들인 화가들을 만났다. 그들은 모두 내가 작은아버지로 불렀던 내 친부를 잘 알고 있었다. 능력 있는 화가들인 그들은 예술 고등학교 미술과의 선생을 거쳐 대학으로 옮겨 가 자리를 잡기도 하고 파리나 뉴욕으로 떠나가기도 했다. 그 중 한 사람, 말이 없고 우울한, 불행한 결혼 생활을 하고 있다는 선생님 한 분은 가끔 내게 어머니 안부를 물었다. 지금 생각해 보면 아마도 그는 어머니와 내 친부의 관계를 알고 있지 않았나 싶다. 사람이 사람을 알게 되고 그것이 고리가 되어 또 다른 고리로 이어지는 인연이라는 것은 알 수 없는 경로로 우리에게 닿는다. 나는 어머니 안부를 가끔 묻던 그 선생님을 파리에서 다시 만났다.

나는 대학 2학년을 마치고 휴학을 했다. 그러고는 학교로 다시 돌아가지 못했다. 학교를 마치지도 않고 그렇게 파리로 떠나겠다고 나선 데에는 말하고 싶지 않은, 결코 다시 생각하고 싶지도 않은 무거운 응어리가 있었다. 그때 나로서는 못 견딜 정도의, 꼭 벗어나야만 하는 몹쓸 굴레였다.

어머니와 함께 살았던 백송동의 집은 친부의 명의로 된 곳이었다. 그 집의 사랑채는 그때로서는 드물었던 화랑 비슷한 모양새로 친부의 그림을 모아 걸어 놓고 있었다. 그 옆의 넓지 않은 공간에 그림의 액자를 만들어 끼우는 화방이 같이 있었다. 어머니와 나는 화방에서 나오는 돈으로 그 집의 안채에서 생활을 했다. 화방은 이미 광화문 근처에서 화방을 하고 있던 친부의 먼 친척뻘 조카를 불러들여 운영하게 했다. 친부의 지명도와 화방 삼촌의 솜씨 덕분이었는지 이름 있는 화가들의 전시회 준비나 액자 주문 등의 수입으로 그럭저럭 생활비가 충당되었다. 그러나 어머니가 세상을 떠나자 이혼의 위기에 놓여 있던 내 작은어머니이자 친부의 부인이 집과 화방의 소유권을 주장했다. 나는 그 소용돌이에 휘말리고 싶지 않았다. 이제 어머니가 쓰던 가재도구들은 모두 어딘가로 치워야 할 때가 온 것이었다.

마지막으로 어머니가 아끼던 것들을 정리해 가져오기 위해 백송동 안채 뒷방에서 묵었던 날이었다. 자정이 넘어 쓰러져 잠이 들었던 나는 확 끼치는 술 냄새와 함께 누군가가 몸을 더듬는 손길에 놀라 눈을 떴다. 그러나 나는 눈을 뜨고 싶지 않았다. 그가 누구인지 알 것 같았기 때문이다. 여러 번 그런 위기감을 느꼈던 이 일을 지금 피해 가기는 어렵겠다는 생각이 들어 나는 다시 눈을 감고 자는 척했다. 어쩌면 나는 무슨 일이 일어나리라는 걸 이미 알고 있었는지도 모른다. 그래서 그랬는지 그다지 놀라지도 그렇게 무섭지도 않았다. 열네 살 때의 어느 날, 혼자 집에 있던 내게 얼굴을 알던 어느 화가가 저지른 그 이상하고 무서운 일이 지금 다시 벌어지는구나라는 생각으로 나는 죽은 듯이 눈을 감고 고통을 참았다. 그날 밤, 그는 죽은 사람처럼 반응이 없는 나를 껴안고 한참 동안 눈물을 흘렸다. 그는 화방 삼촌이었다. 초등학교 때부터 늘 나를 지켜보았던 그는 어머니가 살아 있을 때는 차마 나에게 다가오지 못하다가 내가 아주 그 집을 떠날 때가 되자 더 이상의 제어력을 잃은 것 같았다. 그는 원래 말이 없고 얌전한 사람이었다. 그는 나를 너무 좋아해 나를 놓칠 수가 없다고 했다. 그는 나를 책임지겠다고 했다.

이후로도 그는 나에게 왔다. 예측할 수 없는 시간에 학교 앞을 서성이거나 행촌동 집 앞에서 나를 기다리다 따라 들어왔다. 어느 때는 무릎을 꿇고 잘못했다고 빌기도 하고 또 어느 때는 너무나 절망적이고 담담한 내 표정을 보고 손만 잡고 있다가 돌아가기도 했다. 남들이 보기에 그는 화방에서 번 돈으로 내게 생활비를 대 주는 친척이자 친절한 보호자였다. 나는 그런 그를 벗어나고 싶었다. 그 자신은 결코 그렇지 않다고 했지만 그가 내게 온 경로는 몸이 먼저였다. 나는 그를 용서할 수 없었다. 그가 내 몸에 하는 경배를 감당할 만큼 나는 그를 좋아하지 않았다. 아무리 해도 나는 그에게 마음이 가지 않았다. 그러나 불행히도 나는 아무런 방비도 못한 채 스물두 살에 아이를 가진 걸 너무 늦게 알게 되었다. 나는 배 속의 아이와 함께 죽을 생각을 했으나 뜻대로 되지 않았다. 그는 울며불며 나를 붙잡았다. 나는 나를 그에게 맡기고 싶지 않았다.

나는 휴학을 하고 그의 강릉 본가 근처 바닷가에서 6개월을 지냈다. 그러고는 아이를 낳아 그에게 넘기고 곧바로 한국을 떠나기로 했다. 나는 그렇게 떠나는 것이 죄를 짓는 것이 아니라 죄를 벗어나는 것이라고 스스로에게 주문을 걸고 있었다. 그래 그랬는지 깊이 생각하지 않고 황급히, 빨리 그곳을 벗어나는 것만이 내가 할 일이었다. 나는 아이 얼굴을 기억하지 않으려고 얼굴을 외면한 채 그에게 넘겼다. 그는 너무도 완강하게 그를 벗어나려는 나를 더는 어쩌지 못했다. 정말 그는 나를 좋아했는지도 모른다. 그리고 그렇게 나를 놓아준 걸 보면 그렇게 나쁜 사람은 아니었는지도 모른다.

나는 아이를 낳고 두 달이 채 안 돼 파리로 향했다. 마침 그때 도시 재개발로 행촌동 집이 헐리게 되었다. 나는 집의 보상금을 받자마자 파리로 떠났다. 그때까지 나는 파리에 있다는 친부와 서로 연락을 주고받지는 않았지만 파리의 친부 집 주소를 늘 지갑에 넣고 다녔다. 아마도 나는 표면적으로 작은아버지인 그를 찾아가는 것이 그렇게 이상한 일은 아니라고 생각하고 있었던 것 같다. 그때의 나에게는 친부를 만나는 일보다 내가 있던 곳을 벗어나는 일이 더 급하고 중했다. 그래서 그런지 나는 친부에게 미리 연락을 취하고 가야 한다는 생각은 접어 둔 채 하루라도 빨리 파리로 떠나려고 했다. 파리는 선택의 문제가 아니라 그냥 기정사실이었다. 내가 있던 곳을 벗어나기 위해서는 파리로 갈 수밖에 없었던 것이다.

　공항에서 내리자마자 친부가 살고 있다는 마레의 유대인 거리 안쪽의 오래된 집을 찾아갔다. 낡은 건물 3층의 벨을 누르고 한참 뒤 문을 열어 준 사람은 뜻밖에도 친부가 아니라 가끔 어머니 안부를 묻던 고교 시절의 그 선생님이었다. 나는 모든 것이 놀라웠다. 마레라는 동네의 그 낡고 오래된 건물뿐만이 아니라 그 선생님의 쇠잔한 모습, 그리고 나와 아무런 연결이 이루어지지 않은 채 뉴욕으로 떠난 지 꽤 됐다는 친부의 이야기까지 모든 것이 그랬다. 그 선생님은 건강이 좋지 않은지 많이 피폐한 모습이었다. 선생님은 친부가 살던 셋집을 자신이 물려받았다고 했다. 그는 말을 하면서도 기침을 심하게 했다. 천식이라고 했다. 물감 냄새 때문에 기침이 심해 그림을 그리기가 힘들다고 했다. 온몸이 흔들리는 기침이 붓질을 할 수 없게 한다는 것이다. 너무 지치고 막막했던 나는 멍한 상태로 그날부터 그곳에 머물렀다. 더구나 파리에서의 구체적인 계획을 갖고 온 것이 아니어서 당장 혼자 나가 새로운 생활을 시작할 만큼 당찬 의지가 없었기 때문이었다. 처음부터 친부를 만나기 위해서라기보다 있던 곳을 벗어나기 위해 파리로 왔던 나는 친부를 찾아 다시 뉴욕으로 갈 생각은 전혀 들지 않았다.

나는 그곳에서 그렇게 그와 2년을 같이 살았다. 그 삶은 아주 격리된 것이었다. 특별히 의도하지는 않았지만 그와의 삶은 파리의 한인 사회나 다른 모든 사회생활과는 격리될 수밖에 없는 조건을 많이 갖고 있었다. 그것은 마치 외딴섬에서 사는 것과 같은 것이었다. 나는 그 2년 동안 꼭 필요한 일이 아니고는 딱히 바깥출입을 하지 않았고 그렇게 격리된 채 그와 한집에서 같이 살면서 겪을 수 있는 모든 일을 다 겪었다. 아버지의 친구이자 선생님이었던 그는 처음에는 내 보호자였고 또 자주 환자였으며 가끔은 남자였다. 무엇보다도 그는 내내 화가였다. 그는 기침 발작이 멎으면 나를 그렸다. 옷을 입혀 놓고도 그렸고 옷을 벗기고도 그렸다.

내가 프랑스어를 배우기 위해 어학원에 가는 시간이면 그는 나와 함께 집을 나와 나를 기다리며 공원에서 산책을 했다. 그는 내게 프랑스어를 배우고 미술학교에 가라고 했다. 그러나 나는 이곳에서 살기 위해 말은 배워야 하지만 그림을 그리고 싶다는 생각은 들지 않았다. 그는 나를 자신이 아는 화상에게 데려가 인사시키고 그가 그린 그림을 그들에게 보내는 심부름도 시켰다. 그가 그린 내 누드화는 여러 장이 팔렸다. 그렇게 파리 생활이 2년이 가까워질 무렵 화상에게서 인체모델을 해 보겠느냐는 제안이 왔고 그는 건강이 점점 나빠졌다. 나는 그 2년 동안 통장에 넣어 두었던 행촌동 집의 보상금을 대책 없이 쓰고 있었고 앞으로의 생존을 위한 일을 찾지 않으면 안 되는 시점에 와 있었다. 어느 날 그는 그림을 그릴 수 없는 날을 맞아야 하는 파리 생활을 포기하고 한국으로 돌아가겠다고 했다. 나는 그가 살던 마레의 그 셋집에 눌러살기로 했고 모델 일을 하며 최소한 집에서 쫓겨나는 일이 없는 파리에서의 생활을 시작하기로 했다. 그는 한국으로 돌아가 두세 번 내게 편지를 보낸 뒤 내내 병상에 있다 세상을 떴다고 했다.

나는 여러 번 무언가 목적이 있어 파리로 떠나온 게 아니라 있던 곳을 벗어나기 위해 이곳으로 왔다고 했다. 우연히 화상을 통해 그가 죽었다는 소식을 듣게 된 그날, 나는 혼자 속으로 죽음도 마찬가지일 거라는 생각을 했다. 어떤 목적이 있어 딴 세상으로 간다기보다는 삶을 벗어나기 위해 죽어야 하는 것이 아닐까? 어머니도 그런 것 같았고 그도 그랬을 것이라는 생각이 들었다.

처음 파리에 와 그 집에 머물게 되자 그는 내게 파리에서의 생존을 위한 일들을 하나씩 가르쳤다. 무슨 이유로 어떻게 사이가 틀어진 것인지 친부와는 연락을 하는 것 같지 않았고 어머니를 향한 애정과 연민이 나를 돌보고 보살펴야 한다는 의무감으로 바뀐 것 같았다. 그러나 그건 남자인 그의 착각이었다. 얼마 지나지 않아 돌봄과 보살핌은 더 이상 아이가 아니고 여자인 내 몫이 되었다. 그는 나를 필요로

했고 결국 나는 그의 옆을 떠날 수가 없게 된 것이다.

그는 늘 내 몸과 마음을 같이 쓰다듬고 싶어 했다. 나는 처음부터 알고 있었다. 그가 내 어머니를 만지고 쓰다듬듯 나를 만지고 쓰다듬고 있다는 것을. 그리고 내 친부 때문에 가려져 있던 내 어머니에 대한 연모가 나를 만나 내게로 이어졌다는 것을. 그는 나이 들고 병이 들어 만나게 된 나를 자신이 젊은 시절 마음에 담고 있던 모습 그대로의 연모하던 상대로 착각하고 있었던 것이다. 그에게 나는 내가 아니라 내 어머니였다. 그가 나를 어머니로 착각하게 만든 것이 또 있었다. 그것은 내가 입고 있는 옷차림이었다.

나는 철이 좀 든 이후로 거의 새 옷을 입은 적이 없었다. 기성복이 흔치 않던 어린 시절, 어머니가 양장점에 주문해 맞춰 입힌 옷들을 뒤로 한 후 늘 그랬다. 어머니가 시름시름 앓게 되고 경제적 압박을 받게 된 때부터 나는 늘 누가 입던 옷을 입었다. 어머니의 연인이자 내 친부인 화가의 큰 키와 체구를 닮은 나는 늘 또래보다 키가 크고 몸집이 있어 아동복을 입을 수도 어른들 옷을 입을 수도 없었다. 고등학교 시절, 친구를 따라 갔던 동대문 광장시장의 2층 구호물자 시장에서 나는 내 몸에 비슷하게 맞는 옷을 찾아 입을 수가 있었다. 미국에서 들여온 구호물자 중 서양 여자들이 입던 소매가 길고 옷의 길이가 긴 옷들이 내게 맞았다. 파리로 와서도 동네마다 있는 중고 옷 가게나 브로캉트에서 나는 내게 맞는 옷들을 찾아 입었다.

그는 그렇게 유행에 뒤처지고 시대를 알 수 없는 옛날 옷을 그럴듯하게 입은 나를 내 어머니로 착각했다. 내 몸에 맞게 만들어진 옷이 아님에도 나는 몸을 옷에 맞추었다. 내게는 그런 능력이 있었다. 긴 옷은 긴 옷대로, 어깨가 넓고 큰 옷은 또 그것대로 헐렁하게 입어 내는 능력이 있었다. 일찍부터 그런 옷을 수선하거나 손대지 않고 입어 버릇한 내 몸이 그렇게 알아서 하는 일이었다. 마치 나는 지나간 시대를 애도하듯 그렇게 이상하게 시간과 공간을 벗어난 옷을 입었고 어느 날 그는 내 그런 옷차림을 유심히 본 후 내게 다가와 나를 껴안았다. 그러고는 내 옷을 벗겼다.

그렇게 시작된 내 몸에 대한 그의 경배는 가엾고도 애처로운 것이었다. 어머니에 대한 그리움을 내 몸에 대한 불타는 갈망으로 대체하기에는 그 자신이 이미 너무 늙고 병들어 있었기 때문이다. 그럼에도 그는 내 몸을 쓰다듬기를 멈추지 않았고 벗은 내 몸을 그릴 때의 그의 눈길에는 정기가 살아 있었다. 그래서 그런지 그의 다른 그림은 잘 팔리지 않았지만 나의 벗은 몸을 그린 크로키나 데생, 그리고 여러 점의 유화는 모두 화상을 통해 팔려 나갔다. 팔리는 그림의 모델인 나를 소개받은 화가들은 처음에는 내가 동양 여자인 것에 놀라고 다음으로는 그렇게 시대를 알 수 없는 오래된 옷을 그럴듯하게 걸치고 있는 모습에 또 놀라는 것 같았다. 그리고 곧바로 나는 그들의 기이한 시선의 먹잇감이 되었다. 그들은 내가 옷을 입고 있어도 나의 벗은 몸을 보는 것 같았고 내가 옷을 벗고 캔버스 앞에 누워 있어도 옷을 입고 있다고 느끼는 것 같았다. 그렇게 나는 내 몸을 내보이며 파리에서의 삶을 이어 나갔다.

늘 그랬지만 발가벗은 나에게 아무도 옷을 입히려 하지 않았다. 내가 내 옷을 찾아 입어야 했다. 그것도 늘 누군가가 입던, 낡은, 오래된, 시간이 쌓인 옷을 입었다. 그런 옷들은 나를 다른 사람으로 만들어 주었다. 나 스스로도 나를 나로 보지 않게 했다. 그 옷을 입었던 원래의 주인이 된 듯 나는 나를 드러내지 않고 그 옷에 나를 맞춤으로써 그 옷의 원래 주인이 되었다. 그렇게 나는 나를 애매하고도 모호한 나로 만들었다.

동양인의 얼굴로 서양의 오래된 옷을 입고 안개 낀 파리의 골목을 걷는 나를 보는 사람들은 모두 나의 모호한 모습에 놀라는 듯했다. 사람들이 나의 정체불명성에 놀라는 모습을 보며 나는 스스로 내 정체를 그렇게 정하기로 했다. 화가들은 내 모호함이 어디서 오는지 알고 싶어 했고 그것 때문에 내 옷을 벗기고 나를 인체모델로 썼다. 다행인지 불행인지 나는 어머니의 빛이 나는 듯한 살결과 얼굴을, 아버지의 큰 키와 신체의 균형을 물려받았다.

　나는 사람들이 나를 쳐다보는 것에 익숙했다. 초등학교
에 들어갈 무렵부터 시작된 타인의 응시는 일상이었다. 항
상 누군가가 날 쳐다보고 있었다. 내가 그 쳐다보는 사람을
본다는 것은 잘못된 신호가 되었다. 나는 그 점을 어릴 적
부터 알았기 때문에 누가 날 쳐다보면 나는 그 사람을 마
주 쳐다보지 않았다. 모델을 할 때의 내 원칙은 바로 그것이
었다. 의식을 비우고 허공을 바라보며 피사체가 되는 것이었
다. 같이 마주 바라본다는 것은 그쪽에 관심을 갖는다는 것
이고 나를 내다 파는 행위가 되는 것이다. 나는 어쩌면 내
몸을 바라보는 그들의 눈길을 무찌르는 가장 강력한 무기
로 그들의 관심을 무시하는, 의식이 배제된 허망한 표정을
가짐으로써 내 수치심을 위장했는지도 모를 일이다. 그들을
내 몸의 거짓말에 넘어가게 하기 위해 나는 결코 내 내면을
드러내서는 안 되었다. 나는 아무 생각 없이 내 앞에서 벌어
지는 일들을 그냥 지나가게 만들었다. 목격자가 되어 증거
하는 일이 없도록 지나쳐 가게 했다.

　시간이 가면서 나는 아주 조금씩 바깥에서 내게 가해 오
는 시선의 내리꽂힘이나 타격을, 또는 나에게 물리적으로
쳐들어오는 공격을 잘못 조준되게 해 비껴가게 하는 방법
을 터득했다. 그 가격이나 내리꽂힘을 맞기는 맞되 아주 미

세한 차이로 조금만 빗나가게 만들었다. 그것은 특이한 방법으로 나를 위로했다. 덕분에 누군가를 전적으로 사랑한 적도 없었고 완벽하게 실망하거나 절망해 본 적도 없었다. 그런 나의 저항과 고집은 미세한 차이로 상대에게 저항과 고집으로 전달되지 않았다. 그것은 마치 살짝 경로를 벗어나게 하는 것과 같았다. 살짝 길을 비껴가면 또 다른 작은 길을 만나게 되고, 그 작은 길이 또 다른 미로로 끌고 가 끝내 처음의 길을 찾을 수 없는 미로에 갇히게 만드는 것이었다.

그렇게 해서 그들이 그리는 내 몸은 몸 전체가 가면이 되었다. 밝게 빛나는 것 같으면서도 마치 희미한 검은 선으로 윤곽을 지어 놓은 것처럼 검은 그림자가 그 밝음을 감싸게 하는 트릭이었다. 그것은 내면의 짙은 어둠이 밖으로 배어 나오게 하는 것이기도 했다. 화가들에게는 나의 몸이 내뿜는 그런 느낌이 특이한 경험이 되는 모양이었다. 그런 이상한 느낌은 그들에게 내 육체가 가진 육성으로보다는 낯선 이야기로 다가갔고 화가들은 그 낯선 이야기가 깃든 내 몸을 그리기를 멈추지 않았다. 덕분에 나는 내 소실되는 육체로 돈을 벌어 밥을 먹을 수 있었다.

나는 의지가 없는 사람이 아니라 의지가 작용되지 않게 할 수 있는 엄청난 의지를 가지고 있었다. 대부분의 화가들, 즉 남자 화가들은 자신들이 정신과 육체를 분리해 생각하고 있다는 사실을 잘 모른 채 여자의 육체를 표현한다. 사실 육체는 다름 아닌 정신이고 정신이 빠져나간 육체는 시체일 뿐인데도 모델의 정신세계에는 관심을 두지 않는다. 그러고는 육체를 그리면서도 정신을 그린다고 생각하고 싶어 한다. 화가들은 나의 몸을 껍데기로만 빌리고 그 그림에 자신들의 정신을 입힌다고 착각한다. 그러나 나를 모델로 쓴 몇몇 뛰어난 화가들은 알고 있었다. 여자의 몸을 한 껍데기에 남자인 자신의 정신을 불어넣는 일이 가능치 않다는 것을. 내가 내 자신의 몸에서, 그 뼈와 살에서 나의 정신을 배제시키려 한 그 무지막지한 의지가 내 몸에 입혀 놓은 힘이야말로 바로 그 몇몇 화가들이 알아챈 내 육체가 가진 정신성이었다.

의지를 의지하지 않는 것만이 육체에 가해지는 시간의 흔적을 지울 수 있다는 점을 나는 잘 알고 있었다. 그것은 내 몸이 아주 가까이 있으면서도 멀리 있는 듯한 느낌이 들게 만드는 것이었다. 그 점이 젊었을 때는 젊은 육체의 빛만이 아닌 이상한 노년의 어둠이 어려 있게 해 주었고 이제 나이 들어 시들어 가는 시점에는 사라진 젊음의 빛이 그림자로 남아 있게 하는 것이기도 했다. 그렇게 나의 육체는 살아 있으면서도 죽음을 보여 주고 있었고 죽어 가고 있으면서도 살아 있음을 증명하는 알 수 없는 이야기였다.

많은 화가들은 나의 벗은 몸을 보며 스스로 그 몸을 욕망하지 않는 자신들의 이성과 정신성을 찬양하며 예술이라는 이름으로 자신들을 포장하고 있었다. 그러나 실제로는 내 몸이 갖고 있는, 마치 살아 있는 시체와도 같은 창백하고 섬뜩한 어떤 힘 때문에 나를 계속 모델로 쓰는 것이라고 말한 화가도 있었다. 돌이켜 보면 그들의 명분은 예술이었지만 실제로는 욕망일 때도 많았다. 나는 그 분기점을 잘 알고 있었다. 나는 그럴 때마다 살아 있는 몸이 되기보다 시체가 되는 쪽을 선택했다. 그런 트릭을 누구보다도 빨리 알아챈 사람은 모라비아 출신의 젊은 화가였다. 그는 조국에서의 정치적 격변과 정체된 삶에 넌더리가 나 파리로 탈출해 온 사람이었다. 오갈 데가 없었던 그는 유명 화가의 조수 노릇을 하며 그 화가의 화실에 머물고 있었다.

　어느 날 그는 화실 한쪽 끝에서 다른 작업을 하며 그 유명 화가 앞에서 포즈를 취하고 있는 나를 내 앞에 놓인 커다란 거울을 통해 지켜보고 있었다. 예술이라는 이름에 사로잡힌 그 유명 화가는 나를 모델로 그리는 동안은 화장실 가는 것도 용납하지 않았다. 나는 비스듬히 누운 채 그냥 소변을 흘려보냈다. 그는 소변이 내 허벅지를 따라 흘러내리는 것을 눈을 휘번덕거리며 바라보다 말고 나에게 달려들어 나를 덮쳤다. 나는 그가 나에게 달려드는 순간이면 나를 시체로 만들었다. 그 장면을 보고 있던 젊은 화가는 슬며시 그 자리를 피해 갔다.

그 유명 화가라는 사람은 예술이라는 관념에 자신을 묶어 놓은 노예였다. 그러면서 그는 나 역시 그의 노예이기를 거의 폭력적으로 강요했다. 예술가들은 따뜻한 사람이 드물었다. 따뜻함을 보통 사람들과 다르게 받아들이는 사람들이 예술가들이라는 말이 더 맞는 말인지도 모른다. 그들은 예술이라는 이름으로 만용을 행사하는 사람들이었다. 그 폭력적 만용이 다른 사람을 어떻게 부수는지 모르는 사람들이었다. 그는 그날도 시체로 변한 나를 향해 붓을 집어 던지고는 화실을 나가 버렸다. 한참이 지나고도 그대로 시체처럼 누워 있는 내게 자리를 피해 있던 젊은 화가가 다가와 모포로 내 몸을 덮어 주었다. 그러고는 말했다.

"육체가 하는 일을 정신이 감당하기는 늘 힘든 일입니다."

내가 정신세계도 있는 사람이라고 인정하고 말을 걸어 준 사람은 그가 처음이었다.

내가 아무리 비율이 좋고 몸의 표정이 뛰어나다고 해도 그들은 내게 제대로 된 인사는 하지 않았다. 내가 동양인이었기 때문인지도 모른다. 그들에게 나는 그들과 같은 몸이되 다른 몸이었다. 그들은 그 다름을 좋다고 해야 할지 그렇지 않다고 해야 할지 알지 못해 아무 말도 하지 않았다. 나는 내 몸을 정확한 기계처럼 그들의 요구에 따라 맞춰 줄 수가 있었다. 애를 쓰지 않아도 그냥 그렇게 할 수가 있었다. 내가 잠깐이나마 그림을 그려 본 사람이라 그럴 수도 있었지만 나는 그냥 생래적으로 그것이 가능한 사람이었다. 그럼에도 내게 고맙다거나 좋았다고 말하는 사람은 아무도 없었다. 그래도 그들은 나를 찾았고 나를 모델로 썼다.

대부분의 화가들은 내 몸이 가지고 있는 모든 맥락, 그 안에서 벌어졌던 모든 과거의 시간이나 내용물에는 관심이 없고 지금 당장의 포즈가 만들어 내는 육체의 형태에만 관심을 가졌다. 그들은 나를 알거나 이해할 필요가 없다고 생각하는 것 같았다. 내 이야기를 듣거나 말을 할 필요가 없다는 것은 나를 그들과 같은 사람으로 받아들이지 않는다는 것이고 그들과 나 사이에 벽이 둘러쳐져 있다는 느낌이 들게 했다. 그들은 나의 내면을 무시한 채 나의 벗은 몸만 흘낏흘낏 보며 그림을 그렸다. 어느 누구도 내 몸 속에 내가 갖고 있는 응축된 시간과 내면의 본질을 꿰뚫어 보려 하지 않았다.

그들은 나를 보면서도 나를 보지 못했다. 아마도 그것은 화폭이라는 평면에 육체의 형태라는 입체를 담아내는 그들의 표현 방식 때문인지도 몰랐다. 그들은 내 육체가 품고 있는 모든 내용물과 정신과의 연계 상태를 압착기로 눌러 평면화한 다음 다시 자신들 나름으로 입체화했다. 그것이 내 얼굴이나 정신세계가 주인공이 아니라 내 몸이 주인공이 돼야 하는 이유이기도 했다. 그러나 그것은 마치 내가 압착기로 눌러진 마른 꽃잎처럼 느껴지게 만들었다. 그리고 그것은 마치 내 미래가 내 앞에 놓여 있는 것이 아니라 내 뒤에 이미 있었다는 절망적 기분이 들게 하는 것이기도 했다. 그렇게 내 정신은 말라 가고 내 육체는 시들어 갔다.

어떤 명상가가 나처럼 아무 생각 없이 정신을 비우고 육체를 껍질로 그렇게 벗어 내 버릴 수 있는지 모를 일이다. 어릴 적부터 시작된, 모두가 내 몸만 들여다보고 싶어 한다는 오랜 절망 상태가 이제는 습관적인 무심함이 되어 버렸다. 그것은 마치 아이스크림을 푸는 스쿱으로 머릿속에 든 것을 모두 퍼내 버리는 것과 같았다. 실제로 나는 뇌의 한 곳이 푹 패어 있다는 느낌을 늘 갖고 있었다. 만약 나의 머릿속을 비쳐 볼 수 있는 거울이 있었다면 그 거울에 비친 내 모습은 기괴하고도 참혹한 꼴이었을 것이 틀림없었다. 그 거울에 비친 나는 마구 일렁거리는 거울 속에서 조각조각 잘린 채 왜곡되고 뒤틀린 모습으로 비쳐 보일 것이었다.

사람들이 모두 그런 일렁이는 거울로 나를 보고 있다는 생각은 가뜩이나 프랑스어로 말하는 것을 어려워하는 나를 더 말이 없는 사람으로 만들었다. 그들이 보는 거울 속의 나는 내가 생각하는 내가 아니었다. 나는 고정된 내 이미지를 가질 수 없는, 그들이 보는 거울 속의 나일 뿐이었다. 그들에게 나는 출신 성분도, 정해진 운명도 없는 일렁이는 거울 속의 불확실한 피사체였다. 딱히 내가 선택해서 들어선 길도 아닌데 그 길에는 우회로도 없었고 출구도 없었다. 부서지고 망가진 것들을 감쪽같이 되살려 낼 수도 없었다. 낯선 길에서 낯선 삶을 만나 내 것이 아닌 삶을 살고 있다는 막연한 생각만 들었다.

내게 모든 남자들은 어디선가 만났던 사람 같기도 하고 그 사람이 하는 말 역시 어디선가 들었던 말처럼 느껴졌다. 나는 얼굴도 없고 이름도 없는 육체만이 남았는데 누가 내 몸에 새겨진 내 이야기를 알 수 있을 것인지. 나는 20여 년 동안 수많은 화가들의 인체모델을 했다. 그중 대여섯은 이름이 난 화가였다. 나이 들고 시들어 버린 얼마 전까지도 그 대여섯 명은 내 몸의 어디에 끌리는 것인지 가끔 나를 모델로 불렀다. 내 몸에는 무슨 끈끈이가 달려 있는가? 아니면 그들을 부르는 어떤 안테나가 작용하는 것인가? 알 수 없는 노릇이었다. 아마도 내가 포즈를 취하는 동안 내가 만들어 내는 육체의 이야기가 그들에게 가서 닿는 것인지도 몰랐다. 나는 늘 정신과 육체를 같은 곳에, 같은 시간에 두지 않고 삶과 죽음 사이의 가느다란, 그리고 아주 질긴 그 선을 넘나들고 있었다.

모델을 하고 있는 동안 내 정신은 여러 곳을 헤맸다. 그렇지 않고는 견뎌 낼 수 있는 일이 아니었다. 포즈를 취할 때마다 나는 여러 곳에서의 다른 기억들을 한 장면씩 떠올리며 그곳으로 돌아갔다. 마치 한 편의 연극을 공연하듯 머릿속에 한 곳의 무대 장치를 펼쳐 냈다. 생각해 보면 나는 시간은 아무렇게나 쉽게 내다 버리며 살면서도 공간에 대한 기억은 쉽게 버리거나 씻어 내지 못했던 것 같다. 나는 그때로 돌아가고 싶지 않으면서도 백송동의 안채 뒷방이나 행촌동 이 층 끝의 집은 기억에서 떠나보내지 못했다. 아마도 공간을 떠올려야 그곳에 묶여 있는 시간을 풀어내서 던져 버릴 수 있기 때문인지도 모른다.

오랜 모델 생활을 통해 배운 것이 있었다. 예술의 형태로 표현된 모든 것들은 그것만이 가진 이야기의 형태로 우리에게 다가온다는 사실이다. 그림 역시 하나의 서사 구조를 갖는다. 이야기가 없는 그림은 사람에게 와닿지 않는다. 제대로 화가가 되지 못한 화가들은 그 사실을 감지하지 못했다. 글뿐만이 아니라 그림으로도 음악으로도 결국은 어떤 이야기를 풀어내야 한다는 것을 그들은 알지 못했다. 어쩌면 그들은 자신만의 이야기를 갖지 못한 사람들인지도 모른다. 그들이 할 수 없는 이야기를 내 몸이 하는 것을 알고 있던 몇몇 화가들은 아마도 내 몸이 가진 이야기 때문에 나를 불렀는지도 모르겠다. 내가 벗은 몸으로 누운 채, 아니면 옷을 입고 비스듬히 기대어, 내 이야기를 머릿속에서 만드는 과정은 고스란히 내 몸의 자세에 영향을 미치고 다른 빛으로 다른 아우라를 빚어내는지도 모른다. 나는 원래 내 몸이 갖고 있는 이야기에 매번 내가 그날 만든 이야기를 덧붙이며 그들의 눈길 아래 내 몸을 제물로 바쳤다.

나는 다른 사람의 삶을 바꿀 수는 없었다. 그렇다고 스스로 끊임없이 내 삶을 바꾸어 보려고 애를 썼다고 말하기도 어렵다. 그러나 육체가 나를 지배하는 삶을 끝내고 싶어 빨리 늙어 있기를 바랐다. 늘 겨울이 오는 것을 기다렸다. 두꺼운 옷으로 몸을 가릴 수 있기 때문이었다. 그러나 나이가 들어서도 내 육체의 잔재는 떠나지 않고 남아 있다. 나를 거쳐 간 많은 화가들의, 나의 벗은 육체를 그린 유명 화가의 그림이 여러 곳의 미술관에 걸려 있기 때문이다. 얼굴도 이름도 없이 벗은 몸의 곡선으로 나는 이곳저곳에 퍼져 있었다. 과거의 내 육체가 현재 상태로 지속되고 있었다. 나는 지금에 와서 그 모든 내 벗은 몸을 모두 지워 버릴 수는 없었다.

소리 없는 말과 역사가 새겨져 있는 그 벗은 몸에 대해 딱 한 사람, 모라비아에서 왔다던 젊은 화가만이 이렇게 말했다.

"당신의 몸에는 이야기가 새겨져 있어요. 나는 그 이야기

안에 있는 타다 남은 불을 보았어요. 아니, 당신 몸이 바로 '타다 남은 불'이에요. 아직 재가 되지 않은, 그렇다고 불길을 내며 타오르지도 않는."

그는 어느 날 자신도 내 벗은 몸을 그리고 싶다고 했다. 유명 화가의 조수로 자신에게 용납되지 않는 공간의 자유를 위해 그는 내가 살고 있는 마레의 집으로 와서 나를 그렸다.

그는 내 몸의 이야기에 관심을 보인 몇 안 되는 사람 중 하나였다. 그는 자신이 태어났던 곳의 정변과 정신적 억압을 피해 파리로 왔고 나는 내 부모의 어지러운 역사와 내 몸의 역사를 지우기 위해 파리로 왔던 터였다. 정확하게 일치하는 것은 아니었지만 그와 나는 우리가 태어난 곳의 역사를 안은 채 개인의 역사를 지우기 위해 이방인이 되어 파리에서 만나게 된 것이었다. 나라의 역사건 개인의 역사건 새겨진 그 역사 자체가 우리에게 연민을 강요하는 건 아니지만 우리는 서로를 연민했다. 아주 다른 세상에서 산 두 사람이었지만 서로가 약자로 예술의 변두리에서 서로에게 연민을 느끼게 된 것이었다.

그는 참 유연하고 아름다운 손을 가진 사람이었다. 스쳐 가는 사람들을 기억하지 않으려고 그랬는지 나는 사람을 얼굴로는 잘 알아보지 못했다. 또 그들이 했던 말로도 기억하지 않으려 했다. 많은 경우 눈을 아래로 내려뜨는 습관 때문에 그들이 신고 있던 구두, 손이 눈에 잘 들어온 탓인지도 모른다. 이상하게 늘 손이, 손의 미세한 움직임이나 떨림이, 손가락의 굵기나 손톱의 모양이 얼굴보다 더 빨리, 더 생생하게 입력되었다. 그는 그 유연하고 아름다운 손으로 자수를 할 줄 알았다. 할머니의 생계유지 방편이었던 레이스 뜨기와 자수를 어린 시절부터 보고 같이 도우며 살았던 그는 내가 입는 헌 옷에 아주 멋진 수를 놓아 주기도 하고 레이스로 뜬 칼라를 붙여 주기도 했다. 그는 손으로 하는 모든 것들을 능숙하게 잘 해냈다. 그림뿐만이 아니라 요리, 자수 등 섬세한 손놀림이 필요한 것들을 아주 잘 해냈다. 무엇보다도 그와 나는 서로에게 바라는 게 많지 않았다. 그래서 그런지 그와 나는 서로에게 많이 기대지 않으면서도 위로를 받을 수 있었다.

얼마간 시간이 지나자 그는 내 집에 와 나와 함께 살았다. 그와 나는 갖기 전까지는 그 필요성을 몰랐던 인간의 온기에 서로 놀라고 고마워하며 한동안 선물 같은 시간을 보냈다. 그러나 편안하고 따뜻한 것에 익숙지 않았던 두 사람은 점차 그 선물을 믿지 않게 되었고 어느 순간 그 온기는 뜨겁지도 차갑지도 않은 축축하고 미지근한 것이 되고 말았다. 부모 없이 자란 그는 어린 시절부터 할머니에게서 받았던 곧이곧대로의 종교교육 때문인지 자신의 영혼이 자유롭지 않은 것을 개탄했다. 그러면서도 그런 자신을 내려놓지 못했다. 때로 그는 내 집에 와 기생하고 있는 자신의 떳떳지 못함을 불편해했고 '타다 남은 불' 같다고 그가 말한 내 몸을 가까이 하는 것도 어려워했다.

그러다 갑자기 어느 순간부터 그는 아직 재가 되지 않은, 그렇다고 불을 내며 타지도 않는 내 몸이 불탈 수 있는지 시험이라도 하려는 듯 지치지 않고 내게로 왔다. 나는 그런 그에게 내 몸과 마음을 내어 주었다. 늘 그렇듯이 그런 식의 격렬한 열정 뒤에 숨겨진 동굴은 더 깊고 더 어둡기 마련이다. 그는 내 몸에 탐닉하는 자신을 역겨워하기 시작했다. 그러고는 그림이 잘 그려지지 않는 자신의 재능에 점차 가혹해지며 불안 증세를 보였다. 그는 자신의 그림이 나에 대한 속죄의 도구가 되지 못하는 것에 심한 자책을 했다.

언젠가부터 그는 자신을 키우며 늘 기도하던 할머니의 기도가 자신을 부르고 있다고 했다. 그는 그런 환청이 들릴 때마다 자다 말고 벌떡벌떡 일어났다. 그렇게 심신의 균형을 잡지 못하는 그를 바라보며 나는 이미 그를 마음속에서 내보내고 있었다. 치열한 내면의 전투로 괴로워하던 그는 결국 어느 날 내게서 사라졌다. 그를 부르고 있다는 할머니에게로 갔는지 아니면 세상 어디 다른 곳으로 갔는지 집을 나간 채 그는 영영 돌아오지 않았다. 그렇게 놀라운 일도 아니었다. 늘 내게서는 모든 사람들이 사라져 갔다. 아버지도, 어머니도, 내 몸을 그렸던 모든 사람들도.

나는 그리움이 없는 사람이었다. 나는 여러 번 생각해 본 적이 있었다. 나는 왜 그리움이 없을까? 누군가가 못 견디게 보고 싶거나 그리운 적이 없었다. 모두 내 앞에서 사라진다는 걸 알기 때문이었는지 그리움은 내게 자리 잡지 않았다. 그리움이 없다는 건 애타는 갈망이 없다는 것이고 돌아갈 곳이 없다는 것이기도 했다. 나는 내 친부에 대한 어머니의 그리움을 그리움으로 알지 못했기에 어머니의 그 서성거림을 불안하게 지켜보며 자랐다. 늘 무언가를 속에 품고 그것을 풀어내지 못하고 살았던 어머니는 병든 사람이었고 몸과 마음이 같이 아픈 사람이었다. 어머니는 나를 키우고 돌보면서도 나만이 아닌 다른 누군가를 계속 마음속에서 돌보고 키우느라 나만을 품어 안지 못했다. 나는 어머니가 그림자를 드리우고 있는 어둠 속에서 혼자 어린 시절을 보냈다.

내가 작은아버지로 알았던 친부는 내게 가깝게 다가온 적이 없었고 늘 멀리서 웃지도 울지도 못하는 표정을 지으며 어머니와 함께 있는 나를 지켜보았다. 어쩌면 그가 나를 보지 않았던 것이 아니고 내가 그를 보지 못한 것인지도 모른다. 내가 예술 고등학교에 입학했을 즈음, 전시를 위해 한국에 왔던 그는 내게 들라크루아의『예술론』과 물감 세트를 파리에서의 선물로 남기고 떠났다. 나는 그의 품에 안겨 본 기억도, 그의 손을 잡아 본 기억도 없다. 나는 아버지가 없는 사람이었다.

그렇게 아버지가 없는 내게 세상의 모든 남자들은 어둠이었다. 그러다 어느 날, 그들은 그 어둠 속에서 도둑 걸음으로 내게 다가와 내가 누군지, 내가 무슨 생각을 하는지 묻는 법도 없이 내 몸에 손을 대고 내 몸을 훔치려 했다. 그들은 모두 내 몸을 훔쳐 간 도둑들이었다. 그들은 내가 그 도둑질을 누구에게 말하거나 입 밖으로 내어 공표할 수 없으리라는 걸 너무도 잘 아는 사람들이었다. 결국 내 부모의 폐허 같은 사랑은 나를 일생 그 폐허 속의 시들고 마른 나무로 남아 있게 했다. 베어져 나간 그들의 그루터기 옆에.

어느 순간부터 이름을 알 수 없는 고통이 내게는 살아가는 힘이 되었다. 고통 없는 삶을 꿈꾸며 고통의 원인을 모두 제거하면 나는 괜찮아질까? 그러자면 어머니도, 아버지도, 그도, 내가 버리고 돌아섰던 아이도 모두 없애야 했다. 이미 세상에서 없어진 어머니와 아버지, 그와 아이의 기억조차도 없애야 했다. 그런 기억이 전혀 없는 나는 편안하고 행복한 사람이 될 수 있을까? 꼭 그렇지는 않은 것 같았다.

아버지를 찾으러 떠나온 파리에서 다시 사라진 아버지. 찾으러 온 곳이 잃어버린 곳이 된 파리가 나에게는 다른 잃어버린 곳을 기억해 내고 회상하는 시발점이 되었다. 나에게 파리는 기억과 욕망이 어지럽게 굴절돼 비치는 거울 같은 것이었다. 고아나 미아가 되어 있는 이곳 파리는 나의 버려진 육체의 신음에 적합한 곳이기도 했다. 그 신음에 귀 기울이는 사람이 없었다는 것 또한 나의 푹 파인 육신과 정신에는 도움이 되었다. 그렇게 느껴지는 가장 큰 이유는 언어 때문인지도 몰랐다. 끝끝내 프랑스어는 내게 다른 나라 말이었고 몸이 아프거나 정신이 메말랐을 때는 그냥 웅웅거림으로만 들릴 뿐이었다. 나는 귀머거리 아니면 벙어리가 되어 있는 기분이 들었다. 그럴 때면 나는 마치 상복을 입고 누군가를 애도하고 있다고 생각하면서 말을 하지도 않고 듣지도 않았다.

죄를 짓지 않고도 죄인이 되어 버린 나의 황폐한 육신과 정신. 나에게 파리라는 공간은 영혼의 막다른 길이자 외길이었다. 돌아갈 길을 찾지 못하는 영혼, 불구가 된 영혼의 일종의 은신처였다. 마레의 그 오래된 집 3층의 뒤쪽 침실에서 내다보면, 사방이 다른 집의 뒷벽으로 에워싸인 폐쇄된 좁은 뒷마당이 있었다. 하늘로만 열려 있는 정방형의 그 좁은 공간은 나에게 낯섦과 익숙함을 동시에 주는 침묵과 위로의 장소였다. 아침에 눈을 뜨고 블라인드를 천천히 올린 다음 아래를 내려다보면 짙은 회색 돌이 깔린 바닥에 간밤의 빗물이 번들거리며 고여 있는 그곳. 각 집의 쓰레기통이 길고 좁은 부엌문 앞에 놓여 있고 더러 모르는 얼굴이 하늘을 바라보며 담배 연기를 내뿜는 그곳. 뒷집 옆집으로 꽉 막혀 있는 좁은 공간. 모두 들여다보이는 것을 겁내 창에는 블라인드가 내려져 있는 어둡고 내밀한, 그러면서도 하늘을 향해 열려 있는 그 공간은 천장이 날아가고 없는 방 같은 내 내면을 꼭 닮아 있는 것 같았다. 나는 그 공간을 자주 들여다보았다. 비가 오는 날에는 그 돌바닥에 내리는 비를 보면 이상하게도 마음이 편안해졌다. 마치 하늘에 있는 커다란 물뿌리개가 나만을 위해 그 네모난 좁은 공간에 물을 뿌려 주는 것 같다는 생각이 들어서였다.

처음부터 나는 누군가와의 만남이 배제된 파리에서 한국으로 돌아갈 생각은 하지 않았다. 해가 질 무렵, 어스름한 저녁이 몰려드는 파리의 풍경은 나에게 예리한 통증을 불러오고 그 날카로운 면도날에 베인 듯한 통증은 차츰 자신이 살아 있음을 느끼게 해 주는 고통스럽고도 고마운 통증이 되어 갔다. 그것은 어찌 보면 마음의 고통을 통해 삶을 확인하는 것이었는지도 모른다. 모국어로 이야기를 나눌 사람이 옆에 없다는 것은 내가 한국에서 알던 모든 장소, 모든 사람, 모든 풍경과 연관이 없이 떨어져 나가 있다는 느낌과 함께 스스로의 존재감을 잃게 만들었다. 나는 그냥 언제 사라질지 모르는 연기 같은 존재라는 생각이 들게 했다. 그럼에도 파리는 나에게 낯섦과 익숙함이 쉼 없이 교차하는 곳이었다.

아침에 눈을 뜨고 창밖을 내다봤을 때의 섬뜩한 낯섦은 결코 면역이 되지 않는 것이었으나 곧바로 그것은 소외됨이 두렵지 않은 편안하고 익숙한 공간으로 바뀌는 것이기도 했다. 어느 순간, 현실 속에 있지 않다는 비현실감이 주는 현실감이 나에게는 편안함으로 다가왔던 것이다. 크게 울거나 웃거나 슬퍼할 당위성이 없는 현실감의 결여는 어쩌면 내가 꼭 필요로 하는 것이었는지도 모른다. 내가 살아 있다고 느낄 수 있는 공간은 견고한 현실이 작동되는 단단한 세계이기보다 상상과 몽상이 가능한 애매하고 모호한 공간이어야 했다. 가느다랗게 추적이며 내리는 비가, 시야를 흐리게 하는 비가 잦은 파리의 겨울은 내 몸과 마음을 안개 속에 머물게 해 고통을 마비시키는 효과가 있었다. 나는 이렇게 안개 속에 갇혀 있는 자신을 알면서도 그 안개를 벗어나겠다는 생각은 하지 않았다.

나는 파리를 파리로 보고 있지 않았는지도 모르겠다. 지난 몇십 년 동안 파리를 벗어나 여행을 해 본 적이 별로 없는 나는 파리에서도 아는 곳이 마레 근처의 제한된 일부뿐이었다. 내가 아는 파리는 내 머릿속에서 변형된 파리일 뿐이었다. 어린 시절부터 너무 환하고 밝은 곳은 나와 어울리지 않는다고 생각했던 나는 조금 어스름하고 조금 눅눅하고 낡은 이 거리와 이 집이 내가 살아야 할 곳이라고 느끼고 있었다. 그 어둠과 그 눅눅함, 그 낡음이 자신을 눈에 보이지 않는 다른 세계로 데려가 그곳을 기억하고 상상할 수 있게 해 주기 때문이기도 했다. 결코 다시는 돌아갈 수 없는 행촌동의 이 층 끄트머리 방, 백송동 한옥의 안채에 있던 작고 어두웠던 뒷방으로 돌아가는 날이면 나는 늘 같은 꿈을 꾸었다.

여러 개의 문이 어렴풋이 보이는 어둡고 긴 회랑 끝에 서 있었다. 어쩔 줄 몰라 하며 바로 앞의 문을 밀고 들어서자 갑자기 눈앞에 천장이 높고 넓은 방이 펼쳐졌다. 방의 중앙에는 커다란 촛대에 촛불을 밝힌 긴 식탁이 놓여 있었다. 촛불이 밝혀져 있는 식탁 쪽으로 가까이 다가가자 포크와 나이프가 가지런히 놓여 있는 사이마다 찻잔과 접시 대신 구두가 올라가 있었다. 목이 있는 구두, 끝이 뾰족한 구두, 투박한 통가죽 구두 등 모두가 남자용 구두였다. 신발장이 아닌 식탁 위에 놓인 구두들은 나를 소스라치게 했다. 놀랍게도 그 구두들은 모두 누군가가 신던 것들로 코가 찌그러져 있거나 뒤축을 구겨 신은 흔적이 그대로 남아 있었다. 몇 켤레인지 모를 남자 구두들이 긴 식탁 위에 줄지어 서 있는 모습은 눈으로 보면서도 믿기지가 않았다. 그러자 어디선가 멀리서 누구의 것인지 알아맞혀 보라는 소리가 음울하게 울리고 있었다. 알 것 같기도, 본 것 같기도 한데 누구의 것이라고 꼭 집어 말을 할 수가 없었다. 내 귀에서는 계속 누구의 것이냐고 캐묻는 이명 같은 울림이 점점 가까이 다가오며 이어지고 있었다. 그것은 마치 죽은 사람들을 위한 연도의 기도문을 읊조리듯 기이하고 단조로운 어조로 그치지 않고 울리고 있었다.

나는 그 벗어날 수 없는 기계음 같은 단조로운 소리에 머리를 쥐어뜯다가 잠에서 깨어나곤 했다. 그러다 다시 잠이 들면 누군가가 옷을 벗겨 가는 꿈을 또 꾸었다.

내가 입고 있는 옷의 원래 주인이 나타나 자신의 옷을 내놓으라고 소리 지르며 옷을 벗기는 것이었다. 어느 때는 얼굴과 몸에 상처가 나 있는 여자가 미친 듯이 달려들어 옷을 벗겨 가고 어느 때는 총을 맞고 죽어 가는 여자가 그 옷은 내 옷이라고 소리를 지르기도 했다. 그 꿈은 어찌 보면 데자뷰와 같은 것이었다. 모델을 하며 지루하게 누워 있을 때마다 혼자 연극 무대의 배우처럼 원래 옷 주인의 배역을 내 나름대로 꾸며 나갔던 내 상상력이 내게 돌아와 문초를 하는 것이었다. 어느 때 나는 그 꿈속에서 같이 소리를 지르기도 했다.

"오랜 세월 누군가 입던 옷을 입었어요. 시간이 밴 오래된 옷만 입었답니다. 이제 그런 옷이 아니면 입을 수가 없어요. 어쩌라고 이러는 거예요? 새 옷은 입을 수가 없단 말이에요. 새 옷은 내게 잘 맞지 않아요. 벗기지 마세요. 옷을 벗기 싫어요. 제발 벗겨 가지 마세요."

나는 발가벗긴 채 우는 소리를 내며 비 오는 거리로 내몰리다 잠에서 깨어나기 일쑤였다. 그때마다 내게는 그런 꿈이 내가 지금 살고 있는 삶보다 더 선명하고 여실하게 다가왔다. 그렇게 기억과 꿈이 결합하는 데에는 어떤 공식도 전조도 없었다. 그럼에도 그런 꿈을 꿀 때마다 그것은 마치 누군가가 내 머릿속에 든 걸 모두 퍼내 가고 속이 빈 머리에 그런 꿈만 가득 채워 놓았다는 기이한 배반감을 동반했다. 그럴 때면 나는 혼자 있는 것이 두려워 어스름 새벽녘 동네 공원의 벤치로 나가 망연히 앉아 있었다. 그날도 나는 그 비슷한 꿈속을 헤매다 동네 공원의 벤치로 나갔다. 공원이래야 겨우 집 두어 채가 들어설 정도의 공간에 나무가 심어져 있는 곳일 뿐이다. 두 개의 벤치 중 물기가 덜한 벤치에 앉아 길 밖을 내다보니 오늘도 역시 그 불가리아 여자가 나와 있었다.

그녀는 유모차를 리어카 비슷하게 개조한 수레에 짐을 가득 싣고 수레를 끌며 가고 있었다. 뺨에 기다란 상처가 남아 있는, 나이를 종잡을 수 없는 그녀의 수레에는 온갖

잡동사니가 다 실려 있었다. 냄비며 도마, 주전자 등 부엌용품부터 장화, 타월, 이불, 심지어 의자까지 크지 않은 수레에 묶여 있었다. 무슨 연유에선지 그녀는 비가 올 조짐이 보이면 수레를 끌고 집 밖으로 나왔다. 곧 쏟아질 것 같은 짐을 잔뜩 실은 수레를 끌며 그녀는 비 오는 거리를 헤매었다. 어느 일기예보관보다 정확한 그녀의 비 예보는 마레에 사는 사람들에게는 이미 알려진 것이었다. 언제, 어떤 일을 비 때문에 겪었는지 그녀는 비가 올 조짐이 있으면 꼭 필요한 가재도구를 싣고 집 밖으로 나왔다. 모두 비를 피해 어딘가로 들어가려 할 때 그녀는 수레를 끌며 집 밖으로 나와 거리를 맴돌았다. 수레에 찢어진 비닐 덮개를 씌우고 비옷을 입은 머리 위로 비를 맞으며 이 골목 저 골목을 헤매었다. 그녀의 수레가 밖으로 나와 있으면 틀림없이 얼마 후에 비가 내렸다. 무엇이 그녀에게 비를 알려 주는 것인지, 어떤 초자연적인 힘이 그렇게 만드는 것인지 알 수 없는 일이었다.

나는 거리에 그녀의 수레가 보이면 우산을 준비했다. 비가 잦은 파리의 겨울날, 수레를 끌고 헤매는 그녀를 볼 때마다 안과 밖의 경계를 잃은 그녀의 영혼이 육체와 정신의 경계를 잃은 나의 그것과 다르지 않다는 생각에 또 다른 나를 보는 것 같았다.

혜주는 여기서 입을 다물었다. 나는 마치 혜주가 불러 주는 것을 받아 적듯 사흘 밤낮을 꼬박 혜주와 마주 앉아 혜주의 삶을 재구성했다. 그렇게 만들어 낸 혜주의 과거와 현재의 조합은 내게 그리 낯설지 않았다. 그러나 혜주는 더 이상 나의 공감적 상상력을 허락하지 않고 공원 벤치에 앉은 모습 그대로 움직이지 않았다. 꿈을 꾸고 나와 앉아 있던 그 모습 그대로 그 자리에 굳어 있었다. 혜주에 대한 내 이야기는 내가 혜주를 본 그 시점에 멈추어 섰던 것이다. 더 나아가지지가 않았다. 앞으로 혜주가 살아가야 할 삶이 눈앞에 떠오르지가 않았다. 더 나아가야 한다는 건 알면서도 그렇게 되지가 않았다. 나는 몹시 당혹스러웠다. 이어지지 않는 혜주의 이야기는 나에게 또 다른 불편의 시작이었다. 나는 내 앞에서 입을 다물어 버린 혜주를 돌이킬 수 있을까 하여 며칠을 더 아침저녁으로 동네 공원에 나가 혜주를 기다렸다. 그러나 혜주는 나타나지 않았다.

혜주는 내 망상이 불러낸 헛것이었던가?

아니었다. 그 젊은이 때문이었다. 나는 화방의 젊은이를 떠올렸다. 이제 혜주와 화방 젊은이를 이어 줄 다리를 놓아야 했다. 화방의 그 젊은이는 한 번도 자신의 어머니 이야기를 한 적이 없었다. 그런데도 나는 혜주가 그의 어머니라는 생각을 떨칠 수가 없었다. 혜주가 그의 어머니이기를 몹시 바라고 있었던 것이다. 나는 틀림없이 혜주가 그의 어머니라는 생각에 매달려 있으면서도 이야기 속의 가능성이 바깥세상의 현실로 튀어 오르는 것이 두려웠던 것이다. 어쩌면 혜주의 이야기가 현실이 되는 순간 또 다른 이야기가 만들어지는 것이 두려웠는지도 모른다. 그렇게 만들어진 현실은 이야기만도 못한, 현실감 없는 현실이 될 수 있기 때문이었다.

나는 내가 그린 혜주 이야기의 가능성이 화방 젊은이에게 닿아 어떤 현실로 증식될지 알 수 없었다. 그럼에도 나는 내가 만든 혜주의 이야기를 통해 그가 전과는 다른 삶을 살게 되었으면 했다. 혜주의 삶의 끝을 내가 예측하지 않는 것이 맞는 일이었다.

그때서야 나는 이제 파리를 떠나도 될 것 같다는 생각이 들었다. 서울로 가기로 했다. 서울에서도 혜주를 만나고 싶은 시간에 만날 수 있을 것 같았다. 혜주가 그냥 사라져 버리진 않을 거란 근거를 알 수 없는 확신이 섰던 것이다. 화방의 젊은이가 그곳에 있기 때문이었다.

다시 서울

나는 서울로 가는 비행기에 앉아 내가 부딪혀야 할 화재 뒤처리보다 어떻게 혜주의 이야기를 화방 젊은이에게 전해야 하나? 하는 생각으로 머리가 어지러웠다. 정말 나는 혜주 이야기를 그에게 닿게 할 수 있을까? 알 수 없었다.

아직 서울까지는 대여섯 시간의 비행이 더 남아 있었다.

좌석 옆의 창 아래로 비행기의 거대한 은빛 날개가 펼쳐져 있었다. 나는 창의 덮개를 닫고 눈을 감았다. 오랜 불면을 끝내고 잠을 자고 싶었다. 눈을 감은 채 머릿속으로 이 말 저 말을 썼다 지우기를 반복했다.

시간은 더디 갔다.

잠인지 꿈인지, 엄청나게 큰 은빛 날개 위에 누군가가 실려 날아가고 있었다. 내가 아닌 누군가가 현실이 되지 못한 가능성을 껴안고 비행기에 실린 채 날아가고 있었다.

바람의 옷

초판 1쇄 2018년 2월 5일

지은이 | 김정
펴낸이 | 송영석

주간 | 이진숙 · 이혜진
기획편집 | 박신애 · 정다움 · 김단비 · 정기현 · 심슬기
외서기획 | 박지영
디자인 | 박윤정 · 김현철
마케팅 | 이종우 · 김유종 · 한승민
관리 | 송우석 · 황규성 · 전지연 · 채경민

펴낸곳 | (株)해냄출판사
등록번호 | 제10-229호
등록일자 | 1988년 5월 11일(설립일자 | 1983년 6월 24일)

04042 서울시 마포구 잔다리로 30 해냄빌딩 5 · 6층
대표전화 | 326-1600 **팩스** | 326-1624
홈페이지 | www.hainaim.com

ISBN 978-89-6574-580-8

이 도서의 국립중앙도서관 출판예정도서목록(CIP)은 서지정보유통지원시스템 홈페이지
(http://seoji.nl.go.kr)와 국가자료공동목록시스템(http://www.nl.go.kr/kolisnet)에서 이용
하실 수 있습니다.(CIP제어번호: CIP2018002248)